KB163315

은미야
괜찮아
노래해!

이헌영 장편소설

은미야 괜찮아 노래해!

작가교실

이은미는 내가 좋아하는 가수의 반열엔 항상 자리했지만, 특별히 좋아하는 곡이 있다든가 하지는 않았다.

많은 사람들이 '애인 있어요'를 좋아하고, 실제로 노래 좀 한다하는 사람들의 단골 애창곡이 되었을 때도 좋아는 했지만 푹 빠지진 않았다. 왠지는 모르지만 나는 많은 사람들이 열광적으로 좋아하는 노래는 관심을 끊는 편이다. '애인 있어요'도 아마 그랬던 것 같다. 그러던 내가 몇 년 전 집에서 우연히 KBS의 '열린 음악회'를 시청하다가 '녹턴'을 듣게 되었다. 노래를 하기 전, 이은미가 멘트를 했다.

"나이가 들어 목소리가 더 늙기 전에 이런 노래를 부르고 싶었습니다."

정확한 기억은 아니다. 대체적으로 그런 멘트로 기억한다. 그리고 그 '녹턴'을 불렀다.

나는 첫 소절부터 깊이 잠겨갔다. 그리고 1절의 끝부분 "꽃잎이 흩날리네요. 헤어지기엔 아름답죠. 그렇죠."는 너무나 절절했다. 주체할 수 없이 눈물이 흘렀다.

곡의 마지막엔 격정적으로 마구마구 치닫다 '팡' 하고 한방 천둥으로 끝을 냈다.

압권이었다. 오랫동안 먹먹했다. 오랫동안.

곧바로 그 곡이 들어 있는 '소리 위를 걷다'라는 타이틀이 붙은 두 장짜리 CD를 샀다.

수록된 곡들을 듣다가 '녹턴'은 세 번, 네 번을 반복해서 들었다. 역시 좋았다.

그런데 두 장의 여러 곡들을 반복해서 듣다보니 몇 곡의 노래가 하나의 스토리로 연결돼 있다는 것을 알게 되었다. 의도적이었는지 전혀 의도적이 아닌지는 모르지만, 나는 그렇게 느꼈다.

'애인 있어요', '죄인', '녹턴' 그리고 '강변에서'

'녹턴' 다음 곡인 '강변에서'를 들으며 확신했고, 특히 이 곡 '강변에서'의 중간에 음악을 깨트려버려 무아지경을 만들어버린 대목에선 말과 생각을 잊어버렸다.

이 곡을 만든 분도 알고 있었을 거다. 이 곡은 히트를 칠만한 곡이 아니라는 것을. 그렇지만 이 곡은 '녹턴' 뒤에 배치해야만 된다고 밀어붙였고, 결국 그렇게 해냈다. - 내 맘대로 그렇게 믿기로 했다. 그리고 어느 순간 그 네 곡의 여정을 따라가는 '소설을 쓰고 싶다'는 강렬한 유혹을 받았다. 그래서 썼다.

차례

제 1 부

애인 있어요

1

막연한 불안감을 안고 도착한 지하철 압구정역은 침울하고 어수선한 분위기를 연출하고 있었다. 굳은 표정으로 이리저리 분주하게 움직이는 인파에 섞여서 그들과 똑같은 모습으로 걷고 있는 자신을 의식하곤 나도 이들 중 하나라는 것이 새삼 신기했다.

무엇에 이끌리듯 한사코 위로만 오르는 무리에 섞여 계단을 오르며 모두들 좀비 같다는 생각을 잠깐 했다.

방향을 바꿔 또 다른 계단을 밀리다시피 오르는 중에 또, 그가 생각났다.

'와 있겠지? …얼마나 변했을까?'

밖으로 나오자 조금은 여유가 느껴져 걸음을 멈추고 사방을 둘러보았다.

서울은 바람도 차게 느껴진다.

이제 막 밤이 시작되려는 시간, 시계를 보았다.

한참을 기다려 횡단보도를 건넌 다음 곧바로 골목으로 들어섰다.

몇 걸음 걷지 않았는데 멀리 [어울 링] 간판이 눈에 들어왔다.

걸음걸이가 느려졌다. 또 시계를 보았다.

여기까지 와서 망설여지는 자신을 자책하며 잠시 후 일어날 일들을 그려 보았다.

'뭐라고 인사를 하지?'

건물 앞에서 하릴없이 주변을 천천히 돌아보다가 이내 건물로 들어섰다.

지그시 아랫입술을 깨물며 계단을 오르다 또 시계를 보았다.

2층 출입문 앞에서 잠시 숨을 고르고, 힘주어 문을 밀었다.

훅 밀려오는 훈기와 생경한 인테리어, 드문드문 손님이 있었지만 아는 사람은 보이지 않았다. 암전 상태가 되어 두리번거리는데 경미의 쾌활한 목소리가 들렸다.

"어! 은미다! …이은미! 여기! …"

맨 안쪽 낮은 칸막이 위로 경미가 일어나 손을 흔들고 있다.

은미는 입꼬리를 올려 미소를 만들고 자신의 발걸음을 의식하며 또박또박 걸어 그곳으로 다가갔다. 없다. 그 사람은 없다. 여자 넷, 남자 둘.

경미, 지은, 문숙, 정혜 그리고 동욱, 정모, 그 사람은 없다.

경미와 모두의 왁자한 환영을 받으며, 그 사람이 없음에 적이 안도감을 느끼면서도 맥이 풀렸다. 그리고 이내 궁금해졌다.

'왜…안 왔지? 아직 안 온 건가?'

"은미, 얘, 이번에도 못 온다고 하는 걸 내가 세 번이나 전화해서 나온 거야… 이제 처음 나온 거니까 앞으로는 꼬박꼬박 나와! 빠지지 말고, 알았지!"

그랬다. 이 모임을 만든다는 것은 처음부터 알았지만, 번번이 망설임 끝에 나오지 못했었다. 매번 경미에게 연락도 받았으나 그때마다 카페를 비울 수가 없어서라며 미안하다고만 했었다.

"미안해! …그리고 고마워! 잊지 않고 꼬박꼬박 연락을 해줬는데…사실 오늘도 못 올 건데, 경미가 막 협박을 해서 무서워서…. 여하튼 모두들 반가워."

은미는 한 명 한 명 눈을 맞추며 반가움을 표시했다.

"카페 한다며? 여주에서… 여주 시내야?"

동욱이가 친근하게 물어왔다.

"응, …시내는 아니고 좀 외곽이야!"

"으응, 내가 가봤잖아. 양평 지나서 여주 쪽으로 가다 보면 이포대교 있는 덴데, 장소가 좀 외지고 엉뚱해! …카페는 아주 낡은 건물이었다는데 얘가 개조해서 2층 살림집도 만들었어. 막상 들어가 보면 멀리 강도 보이고, 그럴싸해. 카페 이름은 [노팅 힐]이야… 얘는 어떻게 그런 데다 카페를 차릴 생각을 했는지 몰라. 그래도 손님은 꽤 있어."

경미가 자랑하듯 설명했다.

"그렇게 장소가 엉뚱해? …손님은 있다며?"

"일반 사람들이 다니는 길가가 아니고 처음 들어본 산성인데, 그 산성에 올라가는 산책길 같은 거야. 사람도 없고, 그냥 한적한 정도가 아니라 아예 없어. 그런데 손님은 있어. 희한하지?"

"은미 씨 판단엔 되겠다 싶어서 했겠지. 그리고 된다며?"

"처음엔 안 됐대. 어쩌다가 한 명 한 명 하다가, 조금씩 조금씩 늘어서, 지금은 어느 정도 자리가 잡혔지. 돈은 크게 안 들은 것 같은데, 실내 분위기가 제법 그럴듯해. 지가 다 꾸몄다는데, 은미, 얘, 다시 봐야 돼. …우리 언제 한번 다 같이 가보자!"

은미가 바로 끼어들었다.

"아이! 거기까지 뭘…그 산성 이름이 파사성이라고, 신라 파사왕 때 만든 산성이라고 하는데 와보면 실망해. …카페를 거기다 차리고 싶어서 차린 게 아니고 돈이 없어서 거기다 차렸지, 돈이 있었으면 거기다 차렸겠어? 그 집이 외지고 오랫동안 비어 있어서 흉가 같았었어. 그러니까 집주인이 할아버지인데 그냥 거저 주다시피 나한테 준 거지. 그리고 아직은 적자야. 처음보다는 나아졌지만, 지출이 적으니까 버티는 거지. …이젠 다른 얘기하자. 동욱 씨는 곧 결혼한다며…."

"아! 아! 그러면 건물을 아예 산 거네, 세가 아니고…이야! 괜찮네."

정모의 말에 모두 공감하며 관심을 보였다.

"아! 잠깐, …날짜 잡자고…그쪽에 가볼 곳도 많아. 산성엔 안 올라가봐서 모르겠고, …조금 더 가면 세종대왕릉도 있고 신륵사 절도 있고… 아! 방향이 좀 다르긴 하지만 용문사도 있잖아! …언제 갈까?"

경미의 강력한 제안에 날짜는 못 잡았지만 함께 가는 것으로 합의를 봤다.

은미는 이런 사태도 염려했었다. 그 일행 중에 그 사람도 함께 올 수도 있을 것이라고. 그럴 경우 어떻게 처신해야 할지를 머릿속으로 몇 번이고 그려봤었다. 그런데 그 사람은 오늘 이곳에 없다. 누구도 그 사람을 언급조차 하지 않는다.

'어떻게 된 일이지?'

모처럼의 만남이기에 자연스럽게 은미는 관심의 중심에 섰다.

초전엔 은미에게 질문이 집중됐지만 술이 돌기 시작하면서 겨우 화제의 중심에서 비껴 날 수 있었다. 동욱의 결혼 이야기, 문숙이 조카 이야기, 정모 어머니 병환 이야기로 돌고 돌다 각자 회사 이야기까지 돌도록 그 사람에 대한 언급은 없었다.

은미는 이야기를 주고받으면서도 줄곧 주변을 둘러보고 출입구를 살피고 있는 자신을 의식하곤 정색을 했다.

'내가! …내가 왜 이러지?'

모처럼의 술은 마음을 야릇하게 이끌면서 경계를 무디게 했다. 묻고 싶어졌다. 그 사람에 대한 언급이 없는 이유를 묻고 싶었다. 왜냐고 묻고 싶었다. 차마 묻지 못했다. 묻지 못하는 대신 술을 더 마셨다. 한 잔, 한 잔, 하다가 문득, 묻지 않는 것이 오히려 이상한 거 아닌가? 라는 생각을 해냈다. 그리곤 기어이 술의 능력으로 태연히 지나치듯 묻고야 말았다.

"근데, …강우 선배는 왜 안 보여?"

아주 잠깐의 정적이 있은 후, 들려온 말

"아아! 강우 선배, 출장! …지금쯤 중국에 있을걸."

너무나 쉽게 나온 정모의 대답, 그뿐이었다.

은미는 허탈했다.

경미의 닦달에 못 이기는 체하며 모임에 참석하기로 한 날부터 하루하루 가까워질수록 초조의 강도는 심해졌었고, 그리고 오늘 지금 이 순간까지 이토록 초조하게 한 그 장본인이 중국에 가 있을 거라니, 기가 차고 맥이 풀렸다.

허탈해서인지, 허탈감을 감추기 위해서인지, 맥락 없이 술이 잘도 넘어갔다.

"은미 씨! 못 본 사이에 술 많이 늘었네. …오늘 술값 좀 나오겠는데."

동욱이 기다렸다는 듯이 술을 따르며 너스레를 떨었다.

"그러게 … 너무 빨리 마시는 거 아냐?"

"그동안 술 마실 일이 없어서, 술을 굶었나? … 적당히 마셔!"

"야! 천천히 마셔! 꼭 실연한 애같이 마시네. …여주까지 어떻
게 갈려고."

정혜도 지은이도 문숙이도 한마디씩 했다.

"은미, …오늘 우리 집에서 잘 거니까 괜찮아! … 그래도… 은
미야! 좀 천천히 마셔라."

역시 경미는 은미의 든든한 보호자다.

이제 강우는 염두에 두지 않아도 된다. 새삼스레 친구들 하나
하나가 다감하게 느껴졌다.

편안했다. 이들을 긴 시간 동안 멀리했었던 자신의 어리석음을
자책하면서 술의 힘으로 투정도 부리고 허세도 부리며 마음껏 풀
어헤쳤다.

모처럼 느끼는 수다의 행복은 그들과 일원이 되었다는 안도감
이기도 했다.

행복했다. 술잔을 부딪치며 옛날 누군가를 궁금해하며, 또 누
군가를 난도질하며 행복했다.

떠들썩하고 끈적이는 작별의식도 행복했고, 헤어진 후 경미네

집에서 경미 엄마에게 "엄마, 엄마" 하며 응석주정을 부릴 때까지 내내 행복했다.

2

카페엔 진즉 햇빛이 도착했는데 강은 아직 물안개를 다 걷어내지 못하고 이제 막 조금씩 모습을 드러내고 있다.

오래된 다리 위엔 아침마다 늘 그렇듯 정체된 자동차들이 길게 줄지어 늘어서 있다.

영업 준비를 끝내고 토스트 두 장과 오렌지 주스로 늦은 아침 식사를 마쳤을 때, 아래쪽 주차장에 승용차 한 대가 들어와 주차를 하는 것이 눈에 들어왔다. 차 문이 열리며 눈에 익은 남자가 내리는 것이 보였다. 남자는 천천히 주차장을 어슬렁거리고 있다. 잠시 후, 또 다른 승용차가 들어오고 역시 눈에 익은 남자가 내리자 둘은 악수를 하곤 바로 산성길을 함께 올라오고 있다.

은미는 탁자의 컵을 들고 일어나 카운터 안으로 들어갔다.

잠시 후엔 저들은 늘 그랬듯이 카페 문을 열고 들어설 것이다.

은미는 표정 없이 그들을 기다렸다.

이윽고 그들이 산성 오름길에서 카페 갈림길 입구에 다다랐을 때 은미는 아연했다.

그 둘은 카페 쪽으로는 눈길도 주지 않은 채 지나쳐 산성 쪽으로 올라갔다.

'어? 웬일이지?…그냥 가네!'

전혀 감이 잡히지 않았다.

'뭔 일이지? …내가 무슨 실수라도 했나?'

잠시 그런 생각을 하고 있을 때 갑자기 데크 바닥을 울리는 요란한 발소리에 이어 두 사람이 카페 문을 활짝 열어젖히며 들어왔다.

"은미 씨!… 우리 그냥 지나가는 줄 알았죠? 하하하!…"

"그러게요. … 웬일인가 했어요. 그냥 지나 가시 길래…"

"하하하! 아! 이 박 선생이 은미 씨 한번 놀려 먹자고 해서…하하하!"

"아이고 참…제가 무슨 실수를 했나? 하고 반성까지 했어요. 호호호!"

은미도 크게 웃었다. 웃으면서도 한편으론 애잔한 마음이 들기도 했다.

박 선생과 송 선생은 명예퇴직한 실업자들이다. 아직 육십이 채 되지 않은 나이에 할 일이 없는 사람들이다. 두 사람은 이곳

산성 위에서 처음 만난 사이로 정상에서 우연히 별 뜻 없는 짧은 대화가 있었는데, 그 후 각자 내려가다 카페에 들러 커피 한 잔씩을 주문하고 눈이 마주치자 거의 동시에 눈인사를 하게 되고 마음이 동해 통성명을 함으로써 알게 되었는데 금세 같은 처지인 것을 알게 되면서 바로 친구가 된 사이였다.

갈 곳도 없고 할 일도 없는 두 사람은 매일 아침 아내의 눈총을 피해 마치 중한 볼일이라도 있는 것처럼 집을 나선 후 이곳 주차장에서 만나, 카페에 들러 커피 한 잔씩을 마신 후 차 한 대는 그대로 주차장에 두고 한 대의 차로 함께 움직이며 온 하루를 함께 보내는 사이로 나이도 몸집도 비슷했다.

웃을 일이 별로 없는 그들로서는 오늘 하루의 시작을 짓궂은 장난으로 은미를 웃게 만듦으로써 자신들의 재치가 제대로 먹힌 행복한 출발이다.

내친김에 두 사람은 커피를 마시며 지난밤에 있었던 손흥민의 멀티 골을 찬양하며 은미를 이야기 속으로 끌어들이려 애를 썼는데 그 일도 결국 성공했다.

"손흥민이 축구를 잘하긴 하나 봐요?"

그것만으로도 그들이 알고 있는 축구 세계의 이야기들을 분출시키기엔 충분했다.

두 사람은 축구 전문용어나 데이터 등을 인용하며 열정적으로 쏟아냈다.

　한 사람의 열정이 뿜어지고 있을 때 또 다른 한 사람은 어느 순
간에 뛰어들 것인가를 노리는 머릿속 움직임이 그의 눈빛과 입술
에서 너무나도 적나라하게 표출되어 은미를 빙긋이 웃게 만들었
다. 은미의 관심은 축구가 아니라 관심 끌기에 몰두하는 그들의
처절한 몸부림이요, 집요함이요, 허허로움이었다. 은미는 많이
웃어주려고 했고, 실제로 많이 웃었다.

　갈 곳 없고, 할 것 없는 그들의 몸부림에 공감하려고 관심을 보
이며 웃어주었다.

　박 선생, 송 선생, 오늘은 성공이다. 좋은 하루가 될 것이다.

3

　물안개가 걷힌 강은 쏟아지는 햇빛을 맞아 수많은 작은 반사
경이 되어 반짝이며 이쪽으로 흐르는지 저쪽으로 흐르는지 알 수
없는 흐름으로 그곳에 머물러있다.

　강 왼쪽에 하얀 점으로 보이는 것은 백로다. 언젠가 산책 중 그
자리에서 보았던 백로, 청승맞은 모습으로 하염없이 물속을 들여
다보고 있던 그놈, 멀리서 그놈을 발견했을 때 왜 그토록 오랫동

안 지켜보았던지, 한참 후 몇 발짝 다가가자 화들짝 놀라 날개를 퍼덕이며 힘겹게 겨우 날아가던 그놈, 늘 혼자 그곳을 지키는 외롭고 배고픈 백로는 오늘도 그 자리에서 청승맞은 모습으로 물속을 주시하고 있을 것이다.

　무심히 강을 내려다보며 은미는 아무 근심걱정 없고 바랄 것 없는 지금, 이 삶에 나른한 행복감을 느꼈다. 좀 무료하긴 하지만 그래도 행복하다고 생각했다.
　휴대폰 진동이 인다. 의외감에 잠시 망설였지만 화면에 뜬 김경미 이름에 반가움이 확 밀려왔다.
　"어! 경미야!"
　"은미야! 나야!"
　두 목소리가 똑같이 반가움에 호들갑스럽다.
　"그래! 경미야, 잘 지냈어?"
　"응, 그래, 은미야! 우리 다음 주 토요일 너한테 가기로 했어."
　"다음 주?"
　"응, 다음 주 토요일, …아침 9시에 만나서 가기로 했으니까, 거기 가면 10시 반쯤 되지 않을까? 괜찮지?"
　"몇 명이나? …누구누구?"
　"으응, …그때 모였던 여섯 명 다 간대. …아! 그리고 강우 선배는 잘하면 갈 것 같고… 일이 어떻게 될 줄 모르겠다고…그때 돼 봐야 아는데 가급적이면 가는 방향으로 해보겠다고….”

"으응, 그랬구나…어떻게 다들 시간을 맞췄네. …다음 주 토요일이면 19일이네.”

은미는 대구를 하면서도 강우를 떠올렸고, 잔잔하던 뇌수가 출렁이기 시작했다.

이후의 대화는 은미에게 온전하게 와닿지 않았고 중요하게 여겨지지도 않았지만 그런대로 큰 차질 없이 이어졌다.

김경미 엄마는 이은미에게도 엄마라며, 명랑하게 엄마 안부를 물으면서도 출렁거렸다.

파사산성을 얘기하고 세종대왕릉과 신륵사를 얘기하면서도 출렁거림을 멈출 수 없었다.

근 10여 분 동안 말 잔치를 벌리는 내내 출렁거렸고, 천서리 막국수 얘기를 끝으로 전화를 끊고 난 후에도 여전했다.

4

김강우, 은미에게 단 한번의 입맞춤으로 애끓는 기억을 오랫동안 간직하게 했던 사람이다. 오랫동안 꿈을 꾸게 했고 기다렸던 사람, 그러나 정작 첫 데이트에서 그가 은미의 양 볼을 감싸 잡고 입을 맞추었을 때 당황한 나머지 그를 밀치며 "미쳤나 봐"라고 중얼거리며 되돌아 종종걸음을 쳤었다. 그 순간, 기껏 튀어나온 말이 "미쳤나 봐"라니, 예고 없이 당한 기습 키스이긴 하지만, 뒤돌아 종종걸음을 칠 때부터 이미 잘못되고 있다는 것을 분명히 알았는데, 그대로 둑길을 내려와 집까지 와 버렸었다.

얼마나, 얼마나 후회했던가? 왜 기쁘게 받아들이지 못했던가? 아니 가만히 있기만 했었어도, ― 얼마나 가슴을 치며 자책했던가? 곧 대학생이 될 신분이었고, 알 건 알만한 나이였는데 그런 순간을 전혀 예상 못하고 있었다니, 자신의 반응에 놀란 강우의 난감한 표정을 언뜻 보았었다. 찰나의 표정이었지만 10년이 지난 지금도 또렷이 기억되는 첫사랑의 어처구니없는 엔딩 장면.

짝사랑이 사랑으로 이뤄지려는 순간, 어처구니없이 팽개쳐져 버린 그 장면은 지금껏 가슴을 짓이겨 사무치는 한으로 남아있다. 더구나 그 일이 있은 후 강우가 의도적으로 자신을 피하고 있다는 것을 알았을 때의 절망감이라니, 은미 자신도 그에게 다가가지 못하고 오히려 피하게 되는 상황이 한심하고 못 견디게 안타까웠다. 달려가 그를 붙들고 그날 일들은 나의 진심이 아니었다고, 당황해서 그랬다고, 그리고 사랑한다고, 오래전부터 사랑했었다고 말하고 싶었다. 하지 못했다. 끝끝내 못했다. 끝끝내.

가로막는 것은 아무것도 없었고, 날이 갈수록 마음속 갈망도 커져 갔지만 못했다.

몇 번인가는 절호의 기회가 만들어졌을 때도 강우가 또는, 은미 자신이 기어이 딴청을 쳤다. 또 몇 번인가는 교회에서 자신이 강우를 훔쳐보듯이 강우도 자기를 훔쳐보고 있다는 것을 알았고, 그러다가 그중 몇 번은 눈길이 마주치기도 했지만 그뿐이었다.

그를 만난다 해도 그의 앞에서 그때 나의 모든 말과 행동은 갑작스러운 일이라 너무 놀라서 나도 모르게 잘못 튀어나온 것이고 사실은 오빠를 사모하고 있다고 조곤조곤 설명할 용기가 없었다. 아니 아예 엄두가 나지 않았다.

교회 청년부의 다른 부원들이 눈치를 채지 못하도록 자연스럽게 행동하려고 했지만 몇몇은 눈치를 챈 것 같기도 해서 더더욱 난감했다.

교회를 '옮겨야 하나?' 하고 고심할 때쯤 강우네가 이사를 간다는 소식이 들렸다.

철렁했다. 조바심이 났다. 이제는 정말 만나야 한다고 자신에게 몇 번씩이나 다짐을 했다. 거의 매일 밤 꿈속에서도 다짐을 했으나 꿈속에조차 그 다짐은 성공하지 못했다.

헛날들이 지나가고 드디어 이사 간다는 날, 천 번쯤 망설망설하다가 끝내 찾아가지 못했고 혹시 마지막 인사 겸 찾아오진 않을까 기대했으나 역시 헛꿈이 되고 말았다.

　그렇게 은미의 첫사랑은 초라하게 막을 내렸다.

5

　은미는 대학을 다니며 두 번의 연애를 했지만 깊이 빠져들지 못했다.

　첫 번째 상대였던 김준호는 은미에게 데이트 신청을 하고 허락을 받기까지 애를 먹었다. 은미는 준호에게 호감을 느끼면서도 마음이 좀처럼 열리지 않았다.

　첫 데이트하던 날 대학로에서 연극을 보며 준호가 손을 잡았을 때 바로 손을 뺐다.

　그 작은 접촉이 은미로서는 도저히 감당이 되지 않았다. 너무나 어색하고 신경이 쓰여 연극이 눈에 들어오지 않았다. 준호는 은미가 수줍어서 그런 것이라고 판단하고 은밀하고 자연스럽게 다시 시도해서 손을 잡았다. 그러나 은미는 또 자신의 손을 당겨 가져갔다. 준호도 어색하기는 했지만 연극이 절정에 다다랐을 때 용기를 내어 다시 손을 잡았다. 이번엔 조금 더 지체했지만 땀이 밴 준호 손에서 은미 손은 기어이 빠져나갔다.

준호는 뻘쭘했지만 자신이 너무 서두른 탓이라고 생각했고 미안한 내색까지 보였다.

극장을 나와 저녁 식사 자리까지 어색함은 계속됐고, 하우스 와인을 받아든 은미가 먼저 말문을 열었다,

"미안해! …내가 좀 재미없지? … 건배해."

준호는 '그러면 그렇지' 하는 생각이 들어 바로 정색을 하고 말했다.

"아니야! 내가 너무… 사과할게…건배!"

겨우 여느 연인들의 첫 데이트같이 어색하지만 즐거운 듯이 아슬아슬하게 대화를 이어갔다. 은미는 최선을 다하여 자연스럽게 말하고, 듣고, 행동하려 했지만 그럴수록 손을 어찌해야 할지, 어디다 눈길을 두어야 할지, 도무지 자유롭지가 못했다.

그런 은미를 대하는 준호도 덩달아 부자연스러울 수밖에 없었다. 잠시 대화가 끊어지고 빤히 쳐다보던 준호의 느닷없는 한마디에 상황은 더 꼬였다.

"은미 씨! 예뻐요."

은미는 당황했다.

"어머! … 왜?"

은미는 두 손으로 얼굴을 가리고도 고개를 숙이며 어찌할 바를 몰랐다.

"진짠데…진짜 이뻐!"

준호는 그토록 수줍어하는 은미가 순진해 보이고 사랑스럽다고 생각했을 것이다.

은미는 어려서부터 예쁘다는 소리를 많이 들었다. 그러나 예쁘다는 칭찬과 함께 손이 다가와 머리나 얼굴을 만지려 하면 질색을 하며 피했고 소름이 돋도록 무서워했다. 언젠가부터는 예쁘다는 말을 들으면 아예 뒷걸음을 쳐 자리를 피했고, 또 언젠가부터는 예쁘다는 말조차도 좋게 인식되지 않았다.

첫 데이트의 긴 시간을 근근이 보내고 지하철역 안에서 헤어질 때 준호가 책을 내밀었다.

"오늘 즐거웠어, …우리의 인연을 생각해서 이 책을 골랐어."

"고마워, …어떡하지? 난 그냥 왔는데."

"괜찮아, … 다음에 우리 또 만나는 거지?"

"응…그래야지…오늘 나 때문에 재미없었지?"

"아냐! …처음이니까…나도 그런데 뭐."

은미가 손을 내밀어 악수를 청했다. 둘은 잠시 손을 잡고 하루의 어색함을 날려버렸다.

집에 와 준호가 준 책 포장을 벗기고 표지를 보니 피천득의 『인연』이었다.

준호와의 만남은 반 년 정도 지속됐다.

매주 한 번이나 두 번, 때로는 세 번을 만난 적도 있었지만 상황은 진척되지 않았다.

식당이나 커피숍에서 탁자를 마주하고 있을 때의 은미와 준호가 옆자리로 와 앉았을 때의 은미는 완전히 다른 사람이 되었다. 마주 앉았을 땐 보통의 연인같이 자연스럽고 다정했지만, 준호가 옆자리로 오면 은미는 불안 증세를 보였고 잠시 후에는 발딱 일어나 맞은편으로 옮겨 앉았다. 몇 번을 거푸 그렇게 당하자 준호가 참지 못하고 낮은 톤으로 경고했다.

"내가…그렇게 싫은 거야? …그러면 왜 날 만나는 거지? …그만 만날까?"

"미안해, …나 좀 이상하지? 나한테 문제가 많은가 봐."

마지못해 미안해하고 잘못을 인정했지만 상태는 나아지지 않았다.

만남은 거듭됐지만 반 년 동안 내내 포옹은커녕 손을 잡아본 것도 불과 몇 번뿐이고 그나마도 잠시뿐이며 기어이 은미의 손은 빠져나갔다. 그 지경이 되자 오히려 준호가 전전긍긍하며 고심을 하게 되고, 시간이 좀 더 지나자 포기하는 심정이 되었다.

만남이 뜸해지고 마침내 준호가 이별을 고하는 문자를 보내왔다. 은미는 서운했다. 자신의 탓이라는 것을 은미 자신이 정확히 알고 있었지만 서운했다.

준호를 만나지 못하는 아쉬움과 닫혀있는 자신 때문에 어설프게 끝장났음을 괴로워했다. 상처는 오랫동안 낫지 않았다. 남자를 만난다는 것이 불가능해 보였다.

그 후 몇몇 남자로부터 대시를 받았지만 이런저런 핑계로 거절했다. 자신의 상태가 나아지지 않았음을 확실히 알고 있었기에 피할 수밖에 없었다.

6

은미에게 두 번째 연애는 졸업 직전에 다가왔다.

두 번째 남자 지영근은 은미의 결벽증 증세를 마치 알고 있었던 것처럼 적극적이되 절대로 무리한 행동을 하지 않고 매우 조심스럽게 다가왔다. 그리고 기다릴 줄 알았다.

말끔한 외모에 늘 웃음을 머금은 듯한 표정으로 부드럽게 다가와 데이트 신청을 했다.

거절을 웃으며 받아들였고, 얼마 후엔 마치 처음인 것처럼 다시 데이트를 신청했다.

　은미는 영근의 생경한 행동에 닳고 닳은 바람둥이 같은 느낌을 받았으나 한편으로는 자신의 결벽 증세를 극복해야 한다는 생각을 갖고 있었고, 이 상태라면 영영 연애는 물론 결혼도 못한 채 아까운 청춘을 다 보내고 후회만이 남을 것 같다는 초조감에 마음이 움직였다.

　영근의 깨끗한 피부와 웃음을 머금은 듯한 눈은 처음의 경계심을 낮아지게 했고 호기심은 커져갔다. 몇 번의 대면에서 받은 인상은 점차 좋은 쪽으로 발전해갔다.

　다음 데이트 신청엔 응하리라 마음을 굳히고 기다렸다.

　거의 한 달 만에 나타난 영근은 마치 아무 일도 없었던 것처럼 데이트를 신청했고, 은미는 기꺼이 받아들였다.

　첫 데이트는 청운동 자하문 옆에 있는 윤동주문학관을 시작으로 주변을 산책하고, 서울미술관과 석파정 관람으로 이어졌다. 초행인 은미를 영근은 이리저리 안내는 했지만, 장소에 대한 설명이나 작품해설 같은 것은 하지 않았고, 어쩌다 은미가 질문을 하면 그때는 성의껏 답변을 했다.

　원래 윤동주 문학관 건물은 높은 곳에 만들어 물을 공급하기 위한 수도 가압장이었었다는데, 그 건물 같지도 않은 건물에 문학관을 만든 아이디어에 은미는 신선한 충격을 받았다. 제2전시실에서는 충격을 넘어 황당하다는 생각을 하다가 제3전시실의 밀폐된 어둠 속의 영상을 보면서 감탄이 절로 나왔다. 귀신이 등장할 것만 같은 으스스한 제3전시실을 영근은 은미에게 혼자 들어가라며 자신은 밖에서 기다리겠다고 해서 묘한 느낌을 받으며 다른 관람객 3명과 함께 거창한 철문을 열고 들어갔다.

창고 같기도 하고, 창 없는 감옥 같기도 한, 을씨년스러운 방 가운데에 터무니없이 작은 꼬마걸상 몇 개가 놓여있었다. 꼬마걸상에 앉아 어둠 속에서 15분 정도의 영상을 보고 문학관을 나와 시인의 동산을 거닐며 생각했다,

그 어둠 속에 영근과 함께였다면, 그가 손을 잡지 않았을까 하는 생각과 그러면 나는 어떻게 처신했을까 하는 생각을 했다. 묘하게도 다행이라는 생각도 들었지만 한편으론 허전했다.

서울미술관을 통해 석파정에 올라 둘러보며, 서울에 이런 곳이 존재한다는 것이 신기했고, 흥선대원군이 탐낼만하다고 생각되었다. 그리고 흥선대원군의 호가 '흥선'이 아니라 '석파'였다는 것도 처음 알게 됐다.

오래된 한옥 건물 바깥마당의 엄청난 몸통의 노송은 사방으로 뻗은 우람한 가지들을 여러 개의 철 기둥으로 받쳐놓았는데, 크

고 진기한 모습에 관람객들을 한참 동안 머물게 했다.

옛날 선비들이 노닐던 정원은 나름의 멋을 간직하고 있었고, 멀리 맞은편 능선을 따라 축조된 한양도성이 한눈에 들어오는 절묘함도 갖추고 있었다. 석파정을 다 돌아보고 미술관의 모든 관람을 끝냈을 때, 다른 세상에서 하루를 산 것 같은 느낌을 받았다.

그래서인지 이곳을 첫 데이트 장소로 정한 영근의 외모가 더 귀티 나 보였다.

"영근 씨! 오늘 아주 좋았어요. 딴 세상을 본 것 같았어요."

"아! 그래요. …좋았다니 다행이네요. 사실 좀 걱정했어요."

"왜요?"

"은미 씨 분위기와 잘 맞을 것 같아서 이 코스를 택했는데 안 맞을 수도 있으니까, …어디가 제일 좋았어요?"

"다 좋았어요. …석파정이 아주 좋았어요. 그런데 가장 쇼킹했던 것은 문학관 3전시실…그런 곳에서…처음엔 좀 으스스했어요. 나중엔 감동해서 울 뻔했어요."

"나도 처음엔 그랬어요. …그 영상을 보면서 1전시실에서 읽은 참회록이 머릿속에 그려져서."

"아! 그래요. 창씨개명할 때 얼마나 괴로웠으면…."

은미는 오전에 지영근을 만나러 오면서 준호 생각을 했다. 염치없는 짓을 저지르는 것 같아 개운치가 않고 죄를 짓는 것 같아서 발걸음이 무거웠다.

영근을 만나고 함께하는 동안에도 간간이 준호를 떠올리고 곤혹스러웠으나, 차츰 빈도는 낮아져 갔고 저녁이 되면서는 거의 벗어날 수 있었다.

하루를 함께 하면서 영근에 대한 경계심은 많이 사라지고, 대신 궁금한 것이 많아졌다.

비싸지 않은 한정식으로 저녁 식사를 주문하면서, 술을 시키지 않는 것도 좋은 쪽으로 인식되었다. 준호와의 저녁은 으레 술을 먼저 시키고 식사는 하지 않거나 나중이었다.

끝내 술을 하지 않은 영근과의 첫 데이트는 예상보다 깔끔했고 풍요로웠다.

지하철역에서 영근이 리본 포장까지 된 책을 내밀며 말했다.

"은미 씨, 오늘 첫 만남이… 좋은 인연이 되길 바라는 마음입니다."

"아! …고마워요. 나는 준비를 못했는데…."

책을 받으면서, 준호와의 장면이 연상되어 당황스러웠다.

은미가 지하철을 타고 떠날 때까지 영근은 그 자리를 지키며 손 인사를 했다.

은미는 방금 헤어진 영근이 모습을 그리며, 흐뭇한 마음을 간직한 채 귀가했다.

집에 도착하자마자 책 포장부터 뜯었다.

놀랍게도 눈에 익은 그 책, 피천득의 『인연』이었다.

혼란스러웠다. '어찌 이럴 수가?' 깊은 수렁으로 빠져들어 가는 심정이었다.

좋았다고 느꼈던 첫 데이트의 모든 순간들이 순식간에 무너져 내리고 말았다.

닳고 닳은 선수 같았던 처음의 그 느낌이 옳았구나, 하는 생각이 들었다. 분했다.

두 번 다시 데이트에 응하지 않아야겠다는 생각도 했지만, 한편으로는 제대로 한방 먹여주어야겠다는 생각도 했다. 그냥 끝내기에는 은미 자존심이 용납되지 않았다.

은미는 확실하게 하고 싶었다.

커피 주문을 하고 커피가 나오기도 전에 새침한 표정으로 말을 꺼냈다.

"영근 씨! 지난번 그 책… 어떻게 그 책을 선택한 거지요?"

"예? 왜요? 무슨…내용이 안 좋아요?"

"그게 아니고…그 책 읽어봤어요?"

"물론이죠, 그럼 읽어보지도 않고 선택하겠어요? …아! 내용이 해피엔딩으로 끝난 인연이 아니라서 그래요?"

"아니! 그게 아니라…."

"그럼…다른 거로 바꿔 줄까요?"

영근의 진지한 물음에 은미는 망설여졌다.

마침 진동 벨이 울렸다. 영근이 커피를 받으러 간 사이 잠깐의 생각을 할 수 있었다.

결론은 같았다. 직격탄을 날리는 수밖에 없다.

영근이 커피를 갖고 와 의자에 앉자마자 바로 직격탄을 날렸다.

"영근 씨! …남자들이 여자를 처음 만나면 피천득의 『인연』을 선물하는 게 유행인가요?"

"아! …누가 또 그 책을 받았대요?"

"누가가 아니고, 내가 전에….."

"아!… 그랬어요? 그랬구나, 와! 그럼 엄청 황당했겠네요."

"준호 아세요? 김준호."

"김준호? 모르는데…그 사람한테 그 책을 받았던 겁니까?"

"네, 전 남자친구인데요. 첫 데이트 날 받았었는데, 또 …이게 유행입니까?"

영근은 잠시 은미를 물끄러미 바라보다가 툭 한마디 던졌다.

"은미 씨! …우리 말 놓읍시다, 불편해요."

"예? …그래요? 그럼 그래요."

은미는 별 의미는 못 느꼈지만 그래 해보자 하는 심정으로 동의했다.

"됐어요. 그럼 그 책에 대해서 해명을 해볼게…그 책은 내가 고등학교 때 읽고 학교 독서 모임에서 발표도 하고 추천도 했던 책이고, 거기에 나오는 어린 아사꼬 같이 순수한 여인을 만나면 주어야겠다고 그때 이미 정해놓은 책이야. 나는 지난여름부터 은미를 지켜보았고, 몇 번의 데이트 신청을 거절당할 때도 거절이 아니라 사양하는 걸로 느껴져서 기분이 나쁘지 않았을 뿐만 아니라 오히려 기쁘게 기다릴 수 있었어. 전 남자친구에게서 그 책을 받았었다니 나도 당황스럽긴 한데, 그만큼 좋은 책이란 뜻이 되지 않나? 어찌 보면 너무 밋밋하지만, 하긴 그렇게 밋밋하면서도 감동을 주는…서정적이고 섬세한 책도 없지. 수필의 힘이 느껴지는… 책을 주기 전에 다시 한번 읽어보고, 내용을 확인하고 준 건데 그렇게 됐다니 나도 당황스럽긴 한데, 판단은… 그쪽이 해야겠지."

그날 은미는 처음 키스라는 걸 했다.

망설임은 있었으나 은미는 용기를 내어 해내야 한다고 자신에게 타일렀다.

벽은 영근의 노력이 아닌 은미의 노력에 의해 무너졌다.

자신에게 책을 선물하기 전에 다시 한번 읽었다는 대목과 진중하고 망설임이 없는 해명이 그를 믿음으로 이끌었다. 진정성이 느껴졌다.

몇 번의 거절에 대해서도 미안한 마음이 들어 움츠림을 넘어 무언가는 해야 한다고 스스로에게 타일렀다.

먼저 팔짱을 꼈다. 어색하고 불편했지만 그래야 된다고 자신을 다그쳤다.

과천 현대미술관을 관람하는 내내 오래된 연인처럼 손을 잡거나 팔짱을 꼈다.

처음엔 오히려 영근이 당황하는 기색이었으나 곧 적응을 했고, 곧바로 진짜 오래된 연인이 되었다. 처음 팔짱을 끼고 손을 잡을 때가 어려웠지 일단 단행하고 나니 스스로에게 위안이 되었다. 팔짱 낌을 당했을 때와 팔짱 낌을 해냈을 때의 차이는 확연히 달랐다.

자신이 결코 접촉성 불안증 환자가 아니라는 것을 증명해냈다는 자긍심이 생겨났다. 미술관을 나와 야외 조각공원을 거닐다 사람이 없고 조금은 은밀한 곳에 이르렀을 때, 은미는 팔짱을 낀 채 영근을 빤히 올려다보았다. 영근은 잠시 망설였으나 은미가 눈을 감자 살포시 입술을 겹쳤다. 짧게 한 번, 두 번, 세 번 그리고 길고 깊은 키스로 이어갔다.

은미는 첫 순간, 영근 입술의 감촉과 함께 결코 좋다고 할 수없는 구릿한 입 냄새와 콧바람에 당혹했으나, 곧이어 바로 감촉에 적응돼 가는 자신을 느끼며, 자신이 지금 첫 키스의 느낌을 알려고 집중하고 있는 것을 깨달았다.

은미는 곧이어 자신의 몸과 영근의 몸이 반응하는 것을 똑똑히 느꼈다. 이젠 은미의 손은 영근의 허리를 안아 당기고 있었고, 영근은 은미의 어깨를 푹 감싸 안은 채 조그맣게, 조그맣게 만들려고 안간힘을 썼다.

점점 은미는 자신의 입술과 자신을 지탱하는 모든 기관이 타의에 의해 조절되는 것을 받아들였다. 황홀했다.

얼마만큼 시간이 지났는지 모르지만, 남자의 품속과 키스가 이런 것이구나 하는 생각이 들었을 때, 준호 얼굴과 강우 얼굴이 엇갈리며 스치듯 떠오르다 사라졌다.

다음 순간 쑥스러움이 밀려와서 손을 잡힌 채 돌아서 땅 밑을 내려다보며 방금 전의 일을 되감기 하고 있을 때, 영근이 은근하고 조용한 목소리로 물었다.

"은미 씨! 처음이야? …이거 처음 해보는 거야?"

은미는 대답을 못했다. 당혹스러웠다.

"정말인가 보네. 정말 오늘 처음 …내가 처음, 첫 상대란 거네. 그래?"

은미는 고개를 끄덕일 수밖에 없었다.

영근은 잠시 고개를 주억거리며 무언가를 생각하다가, 은미의 손을 덥석 잡아끌며 말했다.

"은미야! 가자! 밥 먹자. 밥 먹으러 가자!"

영근은 큰일이라도 해낸 사람같이, 아무 거리낌 없이 은미 어깨를 감싸 안으며 은밀하게 외치듯 속삭였다.

"밥 먹으러 가자."

한순간에 변해버린 상황에 은미는 얼떨떨했지만 기꺼이 받아들였다.

오전에 집을 나설 때만 해도 만남을 일찌감치 끝내야겠다고 생각했었다.

준수한 외모인데다 데이트 요청을 연달아 거절당하면서도 별로 실망하지 않는다든가, 윤동주문학관이나 석파정 등의 코스, 그리고 결정적으로 그 책, 『인연』을 선물로 선택한 것 등이 모두 '선수였구나' 하는 의구심이 들게 했었다.

거의 확정적으로 그렇게 믿고, 끝장내려고 했었는데, 지금은 그가 한없이 믿음직해져 있다. 헤어지기 싫었다. 시간이 야속했다.

'이런 걸 사랑이라고 하는 거겠지.'

지하철 안에서 유리창을 통해 영근이 보이지 않을 때까지 손가락을 들어 꼬무락거렸다.

지하철을 내려 집으로 걸어가며 영근을 생각하다가, 아주 잠시 준호와 강우 생각이 났으나 다시 영근과의 포옹과 키스 느낌이 되살아나 짜릿한 행복감에 젖었다. 그리고 그 느낌은 그것에서 그치지 않고 그다음을 상상하게 돼 몸이 떨리도록 짜릿함으로 이어졌다.

잠자리에서도 그 순간의 그 느낌이 휘감겨왔고, 그다음을 상상하다가 온몸이 떨려 와서 잠을 이루지 못해 몇 번씩이나 뒤척이다 바짝 웅크리곤 겨우 잠이 들었다.

새 아침이 왔을 때, 깊은 잠을 이루지 못했음에도 몸과 마음이 가뿐했다.

설레는 상상은 수시로 일어났고, 상상은 그다음 상상을 일으켰고, 덧없이 부풀어졌다. 부풀어진 만큼 갈증이 일어났고, 갈증을 해소하기 위한 만남이 애타게 기다려졌다.

세 번째 만났을 때, 그리고 네 번째 만났을 때, 격한 포옹과 지독한 키스에 다리가 후들거리도록 짜릿했으나, 갈증은 완전히 해소되지 않았고 끝을 향해 달리고 싶은 욕망에 휘둘렸다. 갈급했다. 기다림으로 갈증은 더해 갔고 한편으론 자신의 상태에 당황스러웠다.

'내가 왜 이럴까? … 내가 왜?'

다섯 번째 만나 격한 키스에 이는 포옹 중에 영근이 은미의 귀에 속삭였다.

"우리… 모텔 갈까?"

은미는 지체 없이 고개를 끄덕였다.

처음 들어온 모텔방의 낯설음에 은미는 적잖이 당혹했다.

머릿속에 그려왔던 것과는 너무 달랐고, 다른 것의 원인은 대체적으로 추레함과 묘한 냄새였다. 한쪽에 붙여져 있는 침대에 덩그마니 개켜져 있는 이불이며 베개도 왠지 청결과는 멀어 보였다. 하얀 침대 시트엔 흐릿하긴 했지만 얼룩을 지운 듯한 자국도 보였다. 작은 창은 열려 있었지만 답답했고, 눅눅한 방에 방향제를 뿌렸는지 야릇한 냄새까지 더해 몸과 마음이 움츠러들었다. 사랑을 나누기엔 적절하지 않은 것이 분명했다.

은미는 암담했다.

'냄새, 아! 이 냄새.'

뛰쳐나가고 싶었다. 망연자실한 은미는 이러지도 저러지도 못하고 가방도 그대로 멘 채 엉거주춤 거렸다.

은미의 낙담한 표정을 눈치챈 영근은 상황을 전환시켜야 한다는 초조함이었는지 엉거주춤 서 있는 은미에게 곧바로 다가와 가방을 벗겨 내려놓고 끌어안았다.

은미는 환경에 적응할 수도 없어 당황했으나, 영근의 익숙한 포옹과 뜨거운 입술에 조금씩 녹아들었고, 얼마 후엔 이내 모든 것을 잊고 뜨겁게 반응하기 시작했다. 지금껏과는 다른 영근이의 공세가 시작되었고, 은미의 뜨거운 반응을 확인한 영근은 더욱 거칠게 공세를 퍼부었다. 입술에 입술을 붙인 채 두 손이 아래위 가리지 않고 마구 헤집고 다녔다.

한참 열중하던 영근이 입술을 떼더니 느닷없이 은미를 밑으로부터 번쩍 들어 안고 침대로 가 눕히곤 덮쳐왔다.

그리곤 왼쪽 팔을 은미의 목을 안고 입술을 유린하며 오른손은 가슴을 더듬다가 밑으로 내려가 상의 속으로 밀어 넣어 브래지어를 올리고 맨 가슴을 움켜잡았다. 곧이어 영근의 입술은 은미의 위로 올라와 입술과 목덜미에서 헤매다 가슴 쪽으로 내려가고 있었다. 거친 숨소리, 거친 몸짓. 땀투성이의 머리칼 그리고 그 머리통에서 나는 시큼한 냄새, 지금까지의 영근과는 전혀 딴판이었다. 바로 그때였다.

은미의 머릿속에 날카롭게 솟구치는 기억 한 조각 — 기억 저편에 숨겨져 있던 — 몸서리쳐지도록 두려웠었던 그때 그 일 — 그 일이, 바로 그 순간에 솟구치듯 피어났다.

'아! 맞아! …그때도…그때도 이랬어! 맞아!'

다음 순간, 지금 자신을 짓누르고 있는 자를 확인해야 했다.

'누구? … 이게?'

곧이어 자신도 느끼지 못하는 사이에 두 손이 필사적으로 뻗어 나가 위에 있는 자의 얼굴을 잡아당겨 확인했다.

범벅이 된 번들번들한 얼굴, 부릅뜬 눈, 거친 숨소리, 역겨운 냄새, 눅눅한 공기 ― 그놈이다. 무서웠다. 공포에 질려 울지도 못했었다. 겨우겨우 울음을 밀어냈을 때 입이 콱 막혀왔었다. 숨이 안 쉬어졌다. 그다음은 기억이 없다. 그다음은, 그다음은, 기억의 흔적이 없다.

'벗어나야 한다! 또 당할 순 없다.'

혼신의 힘을 다해 앞에 있는 놈의 가슴을 힘껏 밀치며 몸을 틀었다. 놈은 잠시 주춤했으나 의례적인 것으로 판단했는지 더욱 뜨겁게 돌진해 왔다.

영근의 반격에 은미는 이를 악물고 있는 힘을 다해 가슴을 밀고 엉덩이를 비틀며 쇳소리가 나도록 악을 썼다.

"놔! …이 새끼야! 놔…!"

순간 영근의 몸짓이 멈춰졌고, 은미는 영근을 힘껏 밀치고 몸을 일으켰다. 지체 없이 옷과 땀에 젖은 머리칼을 동시에 매만지며 가방을 챙겼다. 영근은 땀투성이 얼굴로 입을 벌린 채 멍하니 보고 있다가 겨우 한마디 했다.

"왜 그래? …왜…?"

은미는 대답 없이 돌아보지도 않은 채 문을 벌컥 열고 나왔다. 그렇게 해서 은미의 두 번째 연애도 허무하게 끝나고 말았다.

7

토요일 아침, 일찌감치 영업 준비를 끝내고 커피와 모닝 빵 두 개로 아침 식사를 마치고 오늘 일어날 일들을 그려보았다.

강우 선배가 온다면 어떻게 대해야 하나? 반가운 내색은 해야 겠지. 그다음은 막막하다. 안 왔으면 좋겠다는 생각을 하다가 자신이 자신을 속이려 한다는 것을 알고는 실소했다.

아래쪽 주차장에 승용차가 들어서는 게 보인다. 송 선생 차다. 송 선생은 차에서 내려 은미 쪽을 올려다보며 손을 흔들었다. 그리곤 박 선생을 기다렸다.

이윽고 박 선생 차가 들어와 주차를 하고, 두 사람은 악수를 나눈 후 나란히 올라왔다.

들어서자마자 송 선생이 휴대폰을 내밀며 말했다.

"은미 씨! 이 사진 한번 봐 봐요."

좌우 균형이 잘 잡힌 멋진 삼각 원뿔형 모양으로 솟은 산이다.

"어머! 멋있네요. …이 산이 어디 있는 산이에요?"

성공이다. 오늘도 은미의 관심을 끌었으니 최대치를 만들어야 한다.

"그 산이 어디 있을 것 같아요?"

박 선생이 선수를 쳤다.

"글쎄요… 우리나라에 있는 산이에요?"

은미가 후하게 인심을 썼다.

"아! 물론 우리나라지요. 자세히 봐요. 산뿐만 아니라 요 밑에 물에 비친 산 모양도 봐요, 기가 막히잖아요?"

"아!…그러네요. 산이 호수에 그대로 비쳐서… 야! 대박!"

실제로 균형 잡힌 삼각 원뿔형 산이 멋져 보였고, 물속에 거꾸로 비치는 산 모습도 신비로웠다.

"이 물이 호수가 아니라 논물입니다. 아직 모내기를 안 한 논에 마침 물을 대놔서 산 그림이 비춘 겁니다. 그러니까 모를 심거나 물을 안 대놨으면 이런 멋진 모양을 찍을 수 없는 거지요. 우리가 운이 좋은 겁니다. 딱 요 때 거기에 갔고, 우리 눈에 띄었으니."

"아! 직접 찍은 거예요?"

은미는 짐짓 놀라는 표정으로 물었다,

"그럼요, 이게 요 뒤에 있는 추읍산이에요. 산수유마을로 유명한 주읍리 방향에서 보이는 추읍산입니다. 다른 방향에서는 이렇게 멋지게 보이지 않죠."

"아! 그래요? 요기, 추읍산이요? …어디 한번 다시 봐요. 야! 진짜 멋있네요."

송 선생과 박 선생은 오늘도 은미의 관심 끌기에 멋지게 성공했다. 아침 커피를 마친 두 사람은 족한 얼굴에 가벼운 걸음으로 카페를 나섰다.

벌써부터 자꾸 주차장으로 눈길이 갔다.

토요일이라 아침부터 산성을 오르는 사람들이 제법 있었다.

토요일과 일요일만 아르바이트하는 규환이가 오고, 두 팀의 손님을 맞이했을 때 경미네가 차에서 내리는 것이 보였다. 하나, 둘, 셋, 넷, 다섯, 여섯, 강우는 보이지 않았다.

맥이 풀렸다. 한편으론 홀가분한 마음도 생겼다.

'차라리 불편하지 않아 좋다'고 자위하면서도 며칠 동안 마음 졸이며 기다리게 했던 강우가 야속하게 느껴졌다.

경미가 주차장에서 손을 높이 들고 흔든다. 은미도 마주 흔들었다.

경미가 앞장서 올라오는 그림을 보며 다시 한번 강우를 찾았으나 여전히 강우가 보이지 않는 여섯 명이었다. 한숨이 나왔지만 어쩔 수 없이 이젠 저들을 반갑게 맞이해야 한다.

"어서들 와… 고마워, 이렇게들 와 줘서."

"안녕! …정말 장소가 묘하네, 진짜 어떻게 여기다 카페를 차릴 생각을 했지?"

동욱이의 첫 반응에 이어,

"그렇지! 내가 그랬잖아. 나도 처음엔 진짜 이상하더라니까."

경미가 맞장구를 쳤다.

"어우! 야! 그래도 내려다보는 경치가 좋네. …강도 보이고."

정모가 말했다.

"잘 꾸몄네, 그런데 왜 간판이 '노팅 힐' 이야? 파사 힐이라고 하지."

"토요일이라 그런가 올라가는 사람이 꽤 있네!"

"와! 저 사람들은 산악자전거 팀인가? …힘들겠다. …저걸 타고 끝까지 올라갈 수 있나?"

"2층에도 올라가 보자. 2층에서는 더 잘 보이겠지."

"난 파사성이라는 이름도 못 들어 봤는데…저 사람들은 어떻게들 알고 오는 거지?"

은미는 그들의 한마디 한마디에 일일이 대꾸를 하고 덧붙여 설명을 하면서도 자신의 말이 적극적이지 않다는 것을 느끼며 조금은 자책을 했다.

억지로라도 기분을 산뜻하게 해야 한다고 자신에게 조용히 다짐했다.

카페에서의 긴 탐색이 끝난 다음, 함께 산성에 오르기 위해 신발을 바꿔 신었다.

카페를 규환이에게 맡기고 나니 완전 휴가를 받은 느낌이 되어 가벼운 마음으로 나설 수 있었다. 더 이상 강우 생각은 나지 않았다.

그들과 더불어 수다를 떨었고, 맞장구를 쳤고, 키득대기도 했고, 투덜대기도 했고, 노래도 불렀고, 허세도 부렸고, 아는 척도 했다. 그래서 행복했다.

산성의 연인나무에서 정모와 문숙이가 사진을 찍을 때 연인 사이라는 것을 처음 알게 돼서 놀랍고 행복했으며, 정상에 올라 돌아보며 와자하게 함께 탄성을 지르며 행복했고, 모두 모여 기념사진을 찍으며 익살들을 부려서 행복했고, 숲길을 걸으며 아이들같이 재잘대서 행복했고, 천서리 막국수와 편육을 먹으며 행복했고, 세종대왕 역사문화관에서 대왕의 업적을 새로이 많이 알게 되어서 행복했고, 세종대왕릉은 소헌왕후와 합장릉이라고 해서 행복했고, 여주 쌀밥집에서 흰쌀밥을 먹으며 새삼스럽게 행복했고, 동욱이가 소주잔을 들고 정모와 문숙이를 위해 건배를 하자고 해서 행복했다.

"야! 은미 진짜 술이 늘었네. 그때도 놀랬는데 …너무 마시는 거 아냐?"

걱정해주는 친구들이 있어서 행복했다. 그들과 시끌벅적하고 끈적끈적한 작별도 행복했다. 혼자 카페에 오르면서도 행복했다.

규환이가 반갑게 맞아주어서, 매출도 괜찮아서, 규환이가 대견스럽고 믿음직해서 행복했다. 모두들 떠나고 규환이도 없는 카페에 혼자 남은 은미는 소리 내어 울진 않았지만, 술 때문이었는지 맥락 없이 눈물이 볼을 타고 내리는 것을 그대로 둔 채 처연히 느끼려 했다. 그 느낌도 제법 괜찮다고 느낀 것 같았다.

8

늦잠을 잤다.

대충 단장을 하고 카페에 내려오자 박 선생과 송 선생이 들이닥쳤다.

"은미 씨! 웬일? …아이고 얼굴이 부었네. …몸이 안 좋구나."

"병원에 다녀와요. …아! 오늘 일요일이라 병원 문이 닫혔겠구나, 어쩐다?"

"올라가서 누워요. 여기 우리가 봐줄게요. 조금 있으면 그 아르바이트생 올 거잖아요. 오늘 일요일이니까."

"우리가 대충 청소하고 …정리하지 뭐."

은미는 민망함으로 망설여졌지만 이실직고를 했다.

"아! 아니에요. …어제 서울에서 친구들이 와서 같이 놀다 술을 많이 마셨어요. 그래서…."

"아! 술이요? 은미 씨 술 잘해요?"

"아! 술! 그러면 해장을 해야지요. …은미 씨, 언제 우리 술 한 잔합시다."

두 사람은 오늘도 한 건 해야겠다고 달려들었다.

"용문산 쪽에 분위기 좋은 집 있어요. …언제 날 한번 잡읍시다."

"아! 예! … 그런데 저, 술 잘 못해요."

은미는 마지못해 웃으며 화답했다.

송 선생과 박 선생은 오늘도 제대로 한 건 했다. 대박이다. 은미의 인사치레를 술 약속을 받은 것이라고 해석했다.

규환이가 왔다. 두 사람은 은미를 규환이에게 다짐하듯 부탁하고, 뿌듯해져서 몇 번씩 뒤돌아보며 갈 곳을 향해 떠났다.

규환이는 이른 점심으로, 은미는 늦은 아침으로 짬뽕을 시켜 먹고, 2층으로 올라가 침대에 누웠다. 어제의 술기운이 남아서인지 몸도 마음도 피곤했다.

9

"손님 오셨어요."

깜박 잠이 들었었나 보다. 규환이의 조심스러운 소리에 정신이 들었다.

"손님이? … 많이 왔어?"

"아니요, 사장님을 찾는 손님이요. 한 명이요."

"나를 찾아? …어떤 손님인데…."

규환이를 먼저 내려보내고 입 주변을 손으로 훔친 뒤 머리를 매만지며 뒤를 따랐다. 몇 계단을 내려가다 발걸음이 얼어붙었다.

'어? 어떻게… 어떻게?'

분명히 강우였다. 세월만큼 달라진 강우가 입구에 선 채로 물끄러미 은미를 쳐다보고 있었다. 짧은 시간, 둘의 눈이 마주쳤다.

은미는 당혹감에 휘둘려 이 현실을 이해하려고 애를 쓰며 입속 말을 겨우 밖으로 밀어냈다.

"어! 선배! …아니, 오빠! … 웬일이세요?"

강우는 입을 꾹 다문 채 실룩이다 고개를 주억거리며 어색한 미소를 지었다.

강우의 표정이 심상찮다. 은미의 가슴이 나대기 시작했다.

"여기 좀 앉으세요. …우선 차 한 잔, 차 뭐 하실래요?"

강우는 여전히 말없이 고개만 주억거리며 자리를 잡았다.

은미도 머뭇거리며 맞은편에 앉았다. 눈이 마주쳤다. 강우가 엷은 미소를 보낸다.

가슴이 맹렬하게 나댔다. 좋은 일이 일어나고 있음을 가슴은 알고 있는 것이다.

은미는 시간을 벌기 위해 자리에서 일어나 규환에게로 갔다.

"주스, 뭐가 좋을까? …딸기? 딸기, 그래 딸기 주스 두 잔 부탁해."

'저 오빠가 계획적으로 어제 오지 않고 오늘 온 거야! 나쁜 건 아냐, 여기는 내 집이고.'

은미는 조금의 여유를 찾았다. 얼굴에 웃음기를 만들어냈다

"오빠! 그러지 않아도 한번 뵙고 싶었어요. 잘 오셨어요. 그런데 나 어제 그 애들과 술을 많이 마셔서 얼굴도 붓고 꼴이 말이 아닌데, … 그래서 위층에서 자고 있었어요."

"그래도 괜찮은데…."

강우의 부드럽지만 절제된 첫말이었다. 은미의 가슴이 좀 더 가벼워지며 밝아졌다.

웃었다. 웃으니 여유가 생겼다. 그래서 제법 큰 소리로 말했다.

"오빠! 선배보다 오빠가 더 낫죠? 음…어제 함께 안 오고 오늘 온 것은 계획적이죠?"

은미가 흔쾌히 말하자 강우도 고개를 끄덕이며 말했다. 그리고 고개를 숙였다.

"응! 일부러 오늘 왔어. 우리 사이에 풀어야 할…사과를 해야겠기에."

은미는 당황했다.

"오빠가 사과? …아녜요. 사과는 내가 해야 돼요. 내가 바보같이…."

때마침 규환이가 딸기주스를 들고 와 조심스럽게 놓아주고 갔다.

"그게 무슨…?"

강우가 궁금해하며 얘기를 이어가려 할 때 은미가 제지하며 말했다.

"오빠! 우리 …저리 올라가면서 얘기해요. 주스 마시고."

"아! 그럴까? …가게 비워도 되나?"

"혼자서도 괜찮아요. 쟤 …규환이 잘해요."

강우도 처음보다는 많이 가벼워졌는지, 얼굴 표정이 부드러워졌다.

"아니… 어떻게 여기에다 카페를 차릴 생각을 했어?"

초점에 비껴난 질문이지만, 이미 수없이 받은 질문이지만, 은미는 기쁘게 대답했다.

"다른 곳은 사람도 많은 반면 경쟁도 심하잖아요. 여기는 사람이 적은 반면 경쟁이 없어요. 공휴일엔 사람이 꽤 있어요. 평일엔 사람이 적은 반면, 카페에 들어오는 확률은 높아요. 그리고 집세가 없어요, 게다가 앞으로도 오를 염려가 없어요, 혼자 사시는 할아버지가 주인이셨는데, 집이 워낙 낡아서 그냥 폐가로 있던 것을 저한테 아주 싸게 주셨어요. 처음에 이렇게 고치느라고 돈이 좀 들어갔지만…그런대로 괜찮지요? 좀 있다가 할아버지한테 얘기해서 요쪽 옆에 있는 밭도 살까 해요. 할아버지가 사래요. 거저 주시겠다고."

"아! … 아주 괜찮아! 장사만 잘 되면 뭐, 안 돼도 그냥 집으로 살면 되겠고."

둘은 카페를 나와 산성을 천천히 오르기 시작했다.

"오빠! …이렇게 부르니까 아까는 어색하더니…나 여기서 처음 얼마 동안은 까먹었었는데 지금은 직장 다닐 때보다 훨 나요. 게다가 돈 쓸 일도 없고, 좀 외롭긴 하지만."

"나도 아까는 오빠 소리가 이상하더니 이젠…직장 다닐 때보다 낫다니 잘 됐네."

은미는 빙긋 웃으며 고개를 숙였다. 잠시 대화가 끊겼다.

몇 발짝을 말없이 걷다가 은미가 생각난 듯이 강우를 보며 말했다.

"오빠 결혼해서 행복하죠? …외롭지 않고."

강우는 조용히 미소를 지으며 멀리 산성 쪽을 올려다보는 것으로 대답을 대신했다. 그리곤 큰 숨을 내쉬며 느릿느릿 다지듯 말했다.

"은미! 이은미! …미안하다, 그때 내가 잘못했어. 내가 판단을…은미도 나를 좋아하는 줄 알았었어. 늦었지만 정말 미안하다."

강우가 이름을 부를 때부터 몸이 먼저 떨며 반응했다. 어느새 두 손이 나아가 강우의 왼팔을 껴안아 당기며, 낮은 울부짖음이 바로 터져 나왔다.

"오빠! 그게! ……그게 아니에요! 제 잘못이에요. 흑…저도 오빠를 좋아했었어요. 흑흑…저도 좋아했었다고요. 흐으 흑"

울부짖음은 낮았지만, 그동안 참았던 감정이 그대로 봇물처럼 터져 나와 온전한 말을 만들어내지 못했다. 어느새 눈물이 앞을 가렸다.

눈물이 그득한 얼굴로 입술을 실룩이고 강우를 우러러보며 다시 울부짖었다.

"제 잘못이라니까요! 흐으 흑 오빠! …그게 흑"

강우는 당혹했다.

"그게 무슨? …나보고 미쳤다고 하며 도망갔잖아! 이은미! …무슨 소리야?"

"그게 아니라고요, 흐흑. 나도 오빠를 흐흑… 좋아했단 말이에요."

은미는 더 이상 말을 만들어내지 못하고 그 자리에 주저앉았다. 강우는 이 현실이 이해되지 않는 듯, 허공에 초점을 둔 채 주위를 두리번거렸다.

잠시 후 차분한 목소리로 말했다.

"도대체 무슨 말인지…무슨 뜻인지 모르겠는데, 우선 일어나. 저 밑에 사람들 올라온다. 일단 산성 올라가서 앉아 차분하게 얘기해보자."

은미는 일어났다. 엉덩이를 털고 나서 입술을 실룩이며 대뜸 강우의 팔짱을 꼈다. 강우는 상황 판단이 되지 않았지만, 일단 은미가 하는 대로 내버려 두었다.

팔짱을 낀 채 천천히 걸음을 옮겼다. 한참 동안을 말없이 걷기만 했다.

은미는 강우의 팔짱을 낀 채 산성을 오르는 것이 어색하면서도 그래야만 된다는 생각을 했다. 미안한 마음을 그렇게나마 표시하고 싶었다.

점점 경사가 심해져 팔짱을 끼고 걷기가 불편했지만 은미는 풀지 않았다. 위로 올라갈수록 경사가 심해져 걸음이 느려지고 숨이 가빠져 땀이 나기 시작했지만, 그대로 팔짱을 유지했다.

은미가 걸음을 멈추자 강우도 멈췄다. 은미가 무심코 강우를 올려다보다 눈이 마주쳤다.

은미가 엷은 미소를 지었다. 강우도 눈을 고정한 채 애매한 미소를 지었다.

강우의 미소가 은미를 다시 울게 했다.

은미는 솟아나는 눈물을 보이며, 북받치는 가슴에 한 손을 얹고 일그러진 입술로 겨우 말을 밀어냈다.

"오빠! …미안해."

"알았어! 울지 마! 울보가 됐네. 뭐가 왜 미안하다는 건지 원! … 저기 무너진 돌담이 보이는 거 보니 조금만 올라가면 되는 것 같다. 천천히 올라가 보자. 어떻게 산성이라면서 무너진 돌무더기가 먼저 눈에 보이냐?"

강우는 어색한 상황을 혼잣말같이 중얼거리며 은미를 이끌었다.

"정말 연암 박지원 말이 맞네! … 연암 박지원 선생이 쓴 『열하일기』에 우리나라의 성과 중국의 성을 비교한 것이 나오는데, 우리나라의 성은 돌로 쌓아서 튼튼해 보이지만 돌 한 개가 무너지면 와르르 하고 무너지는데 중국의 성은 흙벽돌로 쌓아서 약해 보이지만, 오히려 무너지지 않고 견고하다는 거야. 맞잖아! 저 봐! 저 무너진 돌무더기가 저 위에서 여 밑에까지 굴러 내려왔잖아. 휴… 그럭저럭 다 올라왔네. 아! 저쪽은 새로 복원을 해놨구나…. 너무 표가 난다."

불과 20여 분 만에 산성 입구에 도착했다. 무너진 오른쪽 돌담과는 대조적으로 왼쪽으로는 새로 복원을 한 깔끔한 돌담이 눈에 들어왔다.

산성이라고 하지만 출입문 같은 것은 없고, 그냥 돌담이 끊긴 곳으로 들어가게 되어 있었다. 정상에 오르는 길도 돌담 옆을 걷는 것이 아니라 널찍한 돌담 위로 걸어 오르게 되어 있었다. 새로 복원한 산성 돌담 위를 천천히 걸어 오르다 멈추고, 강우가 뒤돌아보기 위해서 몸을 돌리자, 은미는 팔짱을 낀 채 빙 돌아 강우의 반대편 쪽으로 옮기면서도 팔을 놓지 않았다.

"이야! 산성이 높지도 않은데, 내려다보는 경치가 좋네. 저게 한강, 그러니까 남한강이지?"

은미는 동의하는 의미로 고개만 끄덕이다 강우를 보았다. 또 눈이 마주쳤다

은미가 배시시 웃었다. 강우도 웃었다. 이번엔 울지 않고 계속 웃기만 했다.

조금 오르니 돌담길 한가운데에 엉뚱하게도 소나무 몇 그루가 솟아있는데, 그중 두 나무에 팻말이 붙어 있다. '연인나무'

두 나무의 밑동은 하나인데 밑동에서부터 두 기둥으로 갈라져 살짝 곡선을 그리며 올라 마치 하트의 곡선을 닮은 듯해서 누군

가 이 소나무를 연인나무라 이름을 짓고 팻말까지 만들어 놓았다
고 사연을 소개하며 어제 있었던 일을 얘기했다.

"어제 이곳에서 문숙이하고 정모 씨 사진 찍었어요. …둘이 사
귀고 있다는 거 알고 있죠? 나는 어제 알았어요. 여기서 기념사진
을 찍으면서 말을 해서 알았어요."

"알지! 내가 안 지는 얼마 안 됐지만, 저희들끼리는 꽤 오래전
부터 밀고 당기고 했었던 것 같던데…머지않아 국수 먹게 해주겠
지. 곧 그렇게 될 걸, 아마."

"아유! 좋겠다. 남들은 연애도 잘하는데."

"이은미! 진짜 …아직도 넌 혼자인 거니?"

은미는 희미하게 미소를 지으며 강우를 보았다. 강우도 마주
보다가 먼저 눈을 돌려 먼 곳을 보았다. 은미는 강우의 옆모습을
오래도록 보았다. 강우의 무표정한 모습이 쓸쓸해 보인다고 느껴
졌다.

"오빠는 내가 빨리 시집갔으면 좋겠어요? …여기 좀 앉았다가
요."

은미는 강우의 팔을 당기며 돌계단에 앉았다. 강우도 앉았다.
날이 흐려서 햇볕은 걱정 안 해도 될 만했다. 나란히 붙어 앉으니
조금은 어색해져서 강우가 좀 떨어지자 은미가 장난스럽게 더 바
짝 붙어 앉으며 배시시 웃었다.

"이렇게 앉으니 참 좋다. 오빠! 내가 이러니까 이상하지? …나도 이상해."

강우는 대답 대신 은미를 물끄러미 보았다. 무언가를 찾아내려는 눈빛이었다.

은미는 그 눈길을 마주 대하다 "휴우" 한숨을 쉬었다.

강우는 기다렸다. 은미가 스스로 속을 드러내 보일 때까지 기다려야 한다고 판단했음이다.

은미도 자신이 마음속 이야기를 털어놓을 때라는 것을 알았다. 이미 아까부터 어떻게 이야기 실마리를 풀어나가야 할지를 생각했었다. 다시 생각을 정리하느라 시간이 잠시 지체되는 동안, 강우는 표정 없이 먼 곳을 보며 기다렸다. 은미가 결심이 선 듯이 밭은기침을 하고 말을 시작했다. 시작하자마자 목이 메어 주춤거렸다.

"오빠! 얘기할게요, …이상한 얘기가 될 수도 있으니 그리고 좀 듣기 거북한 내용도 있으니 그냥 들어만 줘요 비밀 얘기도 다 할 거니까… 비밀 얘기를 다 해야 돼요."

강우는 눈길을 먼 곳에 둔 채 표정 없이 고개만 끄덕였다.

"그때 오빠에게 내가 왜 그런 행동을 했는지를 설명하기 위해서 다른 얘기를 먼저 해야 해요. 대학 졸업 때쯤 있었던 두 번째 연애, 그러니까 그게 마지막 연애이기도 해요. 오빠 이후로 두 번의 연애 비슷한 것을 했는데… 두 번째 연애를 설명해야 내가 갖고 있는 병이 설명될 거 같아서 그래요."

"병? … 그런 게 있었어?"

"네, 일종의 병이에요. 음…좀 더 명확하게 하기 위해서 첫 번째부터 해야겠네요. 첫 번째 연애부터 말할게요. 음…첫 번째 연애 때는… 그 애를 나도 좋아했지. 그러니까 연애가 시작됐을 거 아녜요? 그런데 그 애는 내 손을 제대로 잡아보지도 못했어요. 식당이나 카페에서 마주 앉아 얘기하는 것은 좋은데, 옆자리에 와서 앉으면 불편했어요. 옆자리에서 손을 잡거나 몸을 터치하는 것도 아닌데 불안하고 싫었어요. 싫어하는 정도가 아니라 질색을 했어요. 왜 그런지 몰라요. 그 애를 싫어하지도 않았고 오히려 좋아했는데 그랬어요. 잘 생겼고 매너도 좋았는데… 가까이 오는 건 이상하게 싫더라고요. 음, 그 애가 나를 떠난 뒤 곰곰이 생각해 봤어요. 내가 왜 그럴까? 하고 생각해보니 그게 어렸을 때부터 그랬던 것 같은 거예요. 어렸을 때도 어른들이 예쁘다면서 머리나 얼굴을 만지면 난 질색을 했어요. 특히 남자 어른들이 만지려 하면 난 자지러지다시피 했었어요. 무섭고, 징그럽고, 냄새도 싫고. 누가 가까이 오거나 쳐다보기만 해도 뒷걸음질 쳤던 것 같아요. 왜 그랬는지 몰라요. 점점 자라면서 덜해지기는 했지만 완전히 극복은 안 됐던 거예요. …그 애 이름이 김준호인데 잘 생기고 착했어요. 실제로 나도 그 애를 많이 좋아했었어요. 헤어지고 나서…그냥 헤어진 게 아니고 차인 거죠. 옆에 앉는 것도 못 견뎌 하니 …결국 문자로 이별 통보를 하더라고요. 한참 동안 마음이 아팠어요. 그리고 나를 돌아보게 되고 내게 문제가 있다는 걸 자각하게 된 거지요. 그리고 이러다간 연애는 물론 결혼도 못하겠구나 싶더라고요. 내 스스로를 닦달해서라도 극복해야겠다고 생각하고 있었을 때 두 번째 상대가 나타나 데이트 신청을 하는데 막상 신청을 받으니까 용기가 나지 않는 거예요. 그래서 계속 거절했어요. 싫지 않았는데 계속 거절했어요. …그러다가 나 자신에게 화가 났어요. 좋아하면서 왜 그러냐고 화를 냈어요. 그리고 결심했어요. 이번엔 받아들이고 내가 더 적극적으로 대시해서 성공하자고요. 다행히 그 애는 내 거절을 어떻게 소화했는지, 한참 후에 다시 데이트 신청을 해왔고, 우리는 급격히 가까워졌어요. 제가 더 적극적으로 다가갔으니까요. 오빠 이제부터 좀 듣기 거북할 텐데 …오빠 괜찮겠어요?"

강우는 먼 허공에 두었던 눈길을 거두어 은미를 무심히 보면서 깊은 목소리로 말했다.

"괜찮아, 어차피 들어야 할 거라면, 그래야 은미의 병… 그걸 알게 된다며…."

"네, 그래요, 마저 얘기할게요. 이런 기회가 왔으니 말해야지요…고마워요. 오빠, …오빠뿐만 아니라 그 친구들한테도 언젠가는 해명해야 되는데, 두 번째 남자친구 이름은… 아! 이름까지 말할 필요는 없을 거 같고, 그 친구한테는 의도적으로 용기를 내서 내가 먼저 손을 잡고, 팔짱을 끼고 음 …두 번째 만나던 날, 내가 먼저 키스를 유도했어요. 괜히… 오빠한테 미안한 생각이 드네. 오빠 괜찮아요?"

강우는 표정 없이 고개만 끄덕였다.

은미는 표정 없는 강우의 표정에서 무엇인지 모르지만 복잡한 무언가를 감지했다.

"미안해요, 오빠! 마저 얘기할게요. 두 번째 만난 날 키스를 했는데 첫 느낌은 입 냄새가 조금 거북했는데 금방 좋아지는 거예요. 사실 처음이잖아요…오빠와의 것 빼고. …솔직히 좋았어요. 그때까지의 일들이 후회될 만큼 좋았어요. 키스가 그렇게 감미로운지 처음 안 거예요. 그래서 얼마 후에는 섹스를 감행해보려고 했어요. 해보고 싶었어요. 결론부터 말하면 못했어요. 섹스를 못한 얘기를 하려고 하는 거예요. …둘이 모텔에 들어갔어요. 모텔 방이라는 델 처음 들어간 거예요. 머릿속으로 생각하던 모텔방과는 많이 달랐어요. 무엇보다 나를 거슬리게 한 것은, 그 묘한 냄새였어요. 그냥 퀴퀴한 게 아니고 무슨 방향제를 뿌린 것같이 비릿하기도 하고 눅눅한데다… 창문을 열어 놨는 데도 좌우지간 아주 싫은 냄새였어요. 그래서 내가 당황하고 있는데 그 친구가 눈치를 챘는지, 그 친구 아주 차분한 사람이었거든요. 그런데 난감해하는 내 표정을 보고 그 친구 마음이 급했나 봐요. 나를 끌어안고는 다짜고짜 침대에 쓰러트리고, …옷 입은 채로 마구…금방 땀을 뻘뻘 흘리며, …그런데 그때 내 머릿속이 쨍쨍해지면서 아주 죽을 만큼 무서웠던 기억이 떠오른 거예요. 언젠가 꼭 이렇게 무섭게 당했었던 기억이 흑! 흑!…기시감이 아닌 흑! 흑!… 확실한 기억이 흑!…그래서 나도 모르게 상대의 얼굴을 확인하기 위해서 두 손으로 그 얼굴을 내 눈앞으로 힘껏 당겨와 확인했어요. …바로 흐! 윽! 흑!… 그 얼굴이었어요. 번들번들한 얼굴, 충혈된 눈, 축축이 젖은 머리칼, 거친 숨소리 그리고 그 기분 나쁜 훈기와 역겨운 냄새…그런 것들이 확인된 순간 나는 벗어나야 한다고 판단했어요. 또 당할 수는 없다고요. 있는 힘을 다해서 악을 쓰며 밀치고 일어났어요. 흑! 흑!…욕도 했던 것 같아요. 그리고 도망쳐 나왔어요. …그리고 그 이후로 두고두고 생각해 봤어요. 내 어린 시절을 아무리 생각해봐도 당한 것은 분명한데, 언제 어디서 누구에게 당했는지 전혀 기억이 안 나는 거예요. 아주 어렸을 때, 그러니까 다섯 살이나 여섯 살 아니면 더 어렸을 때일 수도…여섯 살 정도면 기억나지 않을까요? 그래서 곰곰이 생각해보니 아마 더 어렸을 때일 것 같다는 생각이 들더라고요.”

강우는 꼼짝 않고 집중해서 듣다가 은미의 물음에 고개만 작게 끄덕이다 한마디 툭 던졌다.

"가까운 사람이겠지."

"흠! 흠!…아닌 것 같아요. 내가 남자 어른들을 무서워한 것은 맞는데 가까운 사람들을 특별히 무서워한 것 같지는 않거든요. 집에서 좀 떨어진 어느 집으로 납치를 당했는지 꼬임에 빠져갔는지 그 번들번들한 얼굴이 제일 기억나요. 아마 내가 무서워서 울었더니, 입을 틀어막았던 것 같아요. 숨이 안 쉬어진 것 같았으니까요. 어떻게, 어떻게 집엘 왔는데, 아마 집에서도 애가 없어졌으니 찾느라고 난리가 났겠지요. 어렴풋이 기억나는 게 ― 야단도 맞고, 엄마가 울고 ― 그랬던 것 같아요. 어린 게 뭐 자초지종을 설명할 수 있었겠어요? …엄청 무서웠었던 것은 분명해요. 아마 그때부터였겠지요. 잘 모르는 사람들이 예쁘다며 얼굴이나 머리를 만지면 난 자지러졌거든요. 끔찍하게 무서웠고 소름 끼쳤어요. 그래서 누가 예쁘다고 하면은 바로 뒷걸음질 쳤어요. 그게 지금까지도 그래요. …오빠! 오빠가 둑길에서 갑자기 입맞춤을 했을 때도 불현듯 그 느낌이 나도 모르게 내 머릿속에 떠올랐기 때문에 미쳤다고 소리를 치고 도망쳐 온 걸 거예요. 내 진짜 마음이 그랬던 것은 아녜요. …둑길을 내려올 때부터 이미 잘못됐다는 것을 알았는데 다시 오빠에게로 돌아가지를 못했어요. 바보같이 아주 많이 후회했지만, 왜 그렇게 용기가 없었는지…. 교회에서 오빠가 나를 피하면서도 가끔 몰래 지켜보고 있다는 것도 알았었어요. 그런데 이상하게도 시간이 지나갈수록 다가가기가 더 어려워지더라고요. 오빠네 이사 간다는 날 '찾아갈까?' 하고 많이 망설였고, 또 혹시나 오빠가 찾아오지 않을까 하고 기다리기도 했었어요. …흑! 흑! 나도 오빠를 아주 많이 좋아했었어요. …사랑했었다고요. 오빠! 흑! 흑!… 오늘 이렇게 찾아와줘서 정말 너무 고마워요. 그리고 늦었지만 정말 정말 미안해요. 오빠! 흑! 흑!… 미안해! 오빠!"

강우는 마땅히 할 말을 찾지 못했다.

"하! 아! 아!…참!…이거 차 암!"

먼 산을 보다 바닥을 보다 허공을 보다 고개를 끄덕이다 했다. 한참 후에 짧게 한마디 하며 일어섰다.

"이해는 되는데 너무 기구하다. 차 암!… 좀 걷자! 마저 올라가자!"

은미는 울면서 강우의 팔을 당겨 두 손으로 감싸 쥐고 걸었다, 강우는 은미의 얼굴을 한번 돌아본 후 말했다.

"울지 마."

강우의 짧은 말속에는 살뜰한 정이 담뿍 담겨있었다.

은미는 눈물 고인 눈으로 강우를 올려다보았고, 강우는 먼 곳에 초점을 맞췄다.

잠시 후 정상에 올랐다. 235m의 정상, 높진 않지만 사방으로 조망은 좋은 편이었다.

남한강이 멀리까지 보이고, 용문산이 보이고, 정상 부분만 보이는 추읍산도 동그마니 보였다.

은미는 강우가 몸을 돌려 사방을 돌아볼 때도 혹시라도 놓칠세라 팔을 감싸 안고 함께 크게 돌았다. 그리고 연신 강우를 올려다보며 눈치를 살피는 척하는 등 오버를 표나게 했다.

강우는 그런 은미를 어이없어 했지만 싫은 기색은 하지 않았고, 빙긋이 웃어 보였다.

은미는 아무 생각 없는 아이처럼 강우의 팔만을 감싸 안고 강우가 움직이는 대로 따라 움직였다. 강우는 정상에서 꽤 오랫동안 서성였다. 은미는 생각을 정리하는 것으로 이해했고, 그래서 조용히 지켜보기만 했다. 마침내 강우가 내려가자고 눈짓으로 말했고, 은미는 동문지 쪽으로 이끌었다. 동문지 쪽 길은 흙길이다.

은미는 여전히 강우에게 붙어있었는데, 말없이 걷던 강우가 걸음을 멈추고 은미를 빤히 내려다보며 말했다.

"이은미! …그날 네가 나한테 미쳤다고 한 날부터 나도 트라우마가 생겨서 장가도 못 갈 뻔했다. 차 암내!…그땐 이은미!… 내가 너를 좋아하는 만큼 너도 나를 좋아한다고 확실히 믿었었거든. 사실, 그날 나도 첫 키스였단 말이다. 나도 처음이라 어떻게 해야 할지 몰랐으니 좀 서툴렀겠지. 그래도 그렇지, '미쳤나 봐' 라니. 그리곤 휑하니 돌아서 가버리다니, 정말 황당하고 어이가 없어 미칠 것 같더라고. 그다음부터 교회에서 널 보는 게 그렇게 곤욕스러울 수가 없었어. 이사 갈 때 이젠 살았구나 하는 해방감이 들더라고. …나 지금 아내와 사내 결혼인데 내가 먼저 프러포즈 못했어. 진희, 우리 아내 이름이 조진희인데, 진희가 참다 참다 못해서 내게 막 화를 내면서 프러포즈를 하더라고. 우리 결혼 안 할 거냐고. 왜 남자가 용기가 없냐고. 입술을 내밀며 키스하라고. 하! 하!… 웃기는 얘기 같지만, 사실 나는 겁이 났거든. 프러포즈했다가 너한테 당한 것처럼 또 당할까 봐. 그때 진희가 그렇게라도 안 했더라면 결혼도 못했을 거야 아마…."

그때 은미가 냉큼 말했다.

"그랬음 내가 있잖아. 그랬어야 되는데 히히힛!…"

"어이구! 좋기도 하겠다. …아! 아카시아 꽃냄새 좋다. 좋은 계절이다. 춥지도 덥지도 않고, 이파리들이 막 나오고, 아직 벌레들은 없어서 잎사귀에 벌레 먹은 구멍도 없는 좋은 계절이다. 여하튼 세월이 많이 흘러갔지만 찌들고 케케묵은 숙제를 해결한 것같이 홀가분해서 좋다. …이런 말이 있어. 계란은 밖에서 깨면 음식이 되지만 안에서 깨면 생명이 태어난다고. 너 자신이 무슨 문제가 있었는지 이젠 알았으니, 너 스스로 깨고 나와야지. 이은미…
너 정말 아직 혼자인 거니? 그 이후로 새로 누구 안 생겼어?"

은미는 대답은 않은 채 도리질만 하며 미소를 지었다. 땅만 바
라보며 말없이 걷던 은미의 눈에 개미굴이 뜨였다. 아주 작은 흙
알갱이들이 소복하게 둘러싸인 작은 구멍으로, 개미들이 쉴 새
없이 드나들고 있었다. 은미가 강우의 팔을 놓고 개미굴 앞에 쪼
그려 앉았다, 은미의 손에서 벗어난 강우도 선 채로 굽어보다가
자연스럽게 따라 앉았다. 까맣고 작은 생명들이 무엇 때문인지는
모르지만, 부지런히 드나들고 있었다. 이리저리 살피던 강우가
신기한 듯 말했다.

"어! 이쪽도 있고 아! 여기도 …많네. 하나, 둘, 셋, 넷,… 다섯,
여섯, 일곱, … 여덟, 여덟 군데나 있네. 이게 아마 땅속에서는 다
서로 통해 있을 거야. 지금 이놈들이 무얼 하나 봤더니 안에서 흙
을 파서 밖에다 쌓고 있는 거야. 집을 새로 만드는 거거나 아니
면 엊그제 비가 와서 집에 물이 들어서 집 보수작업을 하는 것 같
아."

은미는 대꾸는 않고 약간 경사가 진 아래쪽에 가까이 있는 강
우 얼굴을 빤히 보다가 느닷없이 두 손을 뻗어 강우의 귀를 잡고
뽀뽀를 했다. 한 번, 두 번, 세 번을 했다. 놀란 강우는 눈을 동그
랗게 뜨고 은미를 마주 보며 은근하게 말했다.

"나…유부남이야!…"

"알아요."

은미도 낮지만 분명한 어조로 답하고, 눈길도 피하지 않고 속으로 외쳤다.

'난 지금 계란을 안으로부터 깨고 있는 중이야.'

강우는 멈칫하며 생각에 잠긴 듯하더니, 이내 풀고 말했다.

"안다고?"

"네, 알아요."

은미가 똑바로 보면서 대답했다.

그러자 다음 순간 강우가 갑자기 손을 뻗어 은미의 뒷목을 잡아당겨 부딪치듯 입을 맞추고 놓아주지 않았다. 은미도 기다렸다는 듯이 본능으로 응했다.

쪼그려 앉은 채의 불편한 입맞춤은 뒤에 인기척을 느낄 때까지, 아주 오랫동안 계속됐다. 그리고 인기척의 주인공들이 지나간 후 불편한 입맞춤은 거듭거듭 재연되었다.

그리고 산성을 내려오며 구부러진 길모퉁이 외진 곳마다에서 처음의 불편하고 두려운 단계를 넘어 불편하지 않은 자세로, 깊고도 뜨거운 입맞춤을 시간에 구애받지 않고 처절하도록 했다. 강우는 은미의 허리를 두 팔로 끌어 올리며, 은미는 두 팔로 강우의 뒷목을 아래로 끌어당기며, 서로의 입술을 맹렬히 흡입했다.

쌓이고 쌓였던 원한 풀이를 하듯, 오직 이날만을 기다려 왔다는 듯이, 이런 기회는 두 번 다시 오지 않을 거란 듯이, 정말 정말 이 순간을 또다시 놓칠 순 없다는 듯이, 처절하고 애절하게 서로를 흡입하고 또 하고 했다.

끝내 무아지경에 이르러 한 쌍의 커플이 지나치는 것도 모르고 탐닉에 빠져 있다가 뒤늦게 알아채고 슬그머니 풀었다가 누가 먼저랄 것도 없이 다시 서로를 당겨 안았다.

그냥 둘만의 세상이었다. 진즉부터, 그날 밤 그 둑길에서부터 이렇게 됐었어야 맞는 거라는 생각을 언뜻 한 것 같았다.

문득문득 그렇게 하지 못한 것에 대한 회한이 밀려와 거리낌 없이 매달리게 했다.

결코 잘못된 것이라는 생각은 들지 않았다. 오히려 이 순간에 충실해야 한다고 생각했고, 또다시 후회하지 않기 위해서도 그래야 한다고 자신을 신랄하게 채찍질했다.

다음은 없다. 오늘뿐이라고. 놓치면 안 된다는 심정이 더욱 애절하게 매달리게 했다

산성을 내려와 카페가 보이는 곳에서 비로소 거센 파도는 서서히 스러졌고, 강우는 충혈된 얼굴에 복잡한 표정으로 고개를 주

억거리며 은근하게 말했다.

"전화…해도 되지? 전화할게."

은미는 아무 말 못하고 아쉬운 가슴만 다독이며 고개를 끄덕이다 겨우 한 마디 했다.

"오빠… 잘 가."

작별 인사를 하고서도 은미는 주차장까지 따라갔다.

"들어가, …전화할게."

은미는 고개를 끄덕이다 눈물이 흘러 손등으로 훔쳤다

"오빠… 잘 가, 고마워 오빠."

"응! 그래, 울지 마, 바보같이."

은미는 입을 삐죽이며 끄덕였다.

강우는 갔다. 차 창문을 열고 "전화할게"를 처음인 것처럼 외치며 긴 여운을 남기고 떠나갔다.

애인 있어요

아직도 넌 혼잔 거니 물어보네요

난 그저 웃어요 사랑하고 있죠

사랑하는 사람 있어요

그대는 내가 안쓰러운 건가 봐

좋은 사람 있다며

한번 만나보라 말하죠

그댄 모르죠 내게도 멋진

애인이 있다는 걸

너무 소중해 꼭 숨겨두었죠

그 사람 나만 볼 수 있어요

내 눈에만 보여요

내 입술에 영원히 담아둘 거야

가끔씩 차오르는

눈물만 알고 있죠

그 사람 그대라는 걸

나는 그 사람 갖고 싶지 않아요

욕심나지 않아요

그냥 사랑하고 싶어요

그댄 모르죠 내게도 멋진 애인이 있다는 걸

너무 소중해 꼭 숨겨 두었죠

그 사람 나만 볼 수 있어요.

내 눈에만 보여요

내 입술에 영원히 담아 둘 거야

가끔씩 차오르는 눈물만 알고 있죠

그 사람 그대라는 걸

알겠죠 나 혼자 아닌걸요

언젠가는 그 사람 소개할 게요

이렇게 차오르는

눈물이 말하나요

그 사람 그대라는 걸

제 2 부

죄인

1

"은미 씨! 무슨 좋은 일 있어요? 좋은 일 같은데… 아닌가?"

박 선생이 물었다.

"아뇨, 아무 일 없는데요."

"아니, 혼자 뭐라 뭐라 말하고 있는 것 같아서…내가 잘못 봤나?"

은미는 아차 싶었으나 별일 없다는 듯 태연한 표정을 짓다가 미소를 지어 보였다.

오늘 아침에 송 선생과 박 선생을 맞이하면서 평소보다 옥타브가 높았다는 것 말고도 주문한 아메리카노에 그들의 취향대로 달달하게 시럽을 첨가해주는 깜짝 서비스를 했을 뿐 아니라 자신의 달뜬 행동 하나하나를 중계하듯 중얼거린 것 같기도 했다.

'내가 왜 이러지?'

느닷없이 백로란 놈이 궁금해지고, 연인나무에 기대어 하늘을 보고 싶었다. 그리고 그 개미굴, 그 자리에서 그 순간을, 강우를 다시 한번 느끼고 싶었다. 그의 입술을, 그의 숨결을, 그의 품속을 느끼고 싶었다.

일주일 내내 "전화할게" 상태에 머물러있는 은미를 박 선생은 알아차린 걸까?

"은미 씨! 좋은 일 있으면 같이 축하합시다. 아! 은미 씨, 오늘 전에 약속했던 술 한 잔! …어때요? 축하하는 의미도 더해서…."

송 선생이 치고 나왔다.

"예? 술이요? 저, 술 못해요. 그때 보셨잖아요…술 먹고 다음 날 퍼진 거."

"그야 많이 마시면 우리도 퍼져요. 저 박 선생은 나보다도 더 못해요. 조금씩만 해야지… 오늘 날 잡자고요. 이따 저녁때 전화할게요. 용문산 가는 길에 은미 씨 분위기에 딱 맞는 그런 집 하나 봐놨어요."

"아이! 정말 못하는데, 그냥 두 분이서…하시면 안 돼요?"

"맨 날 우리끼리 하니까, 이따 전화할게요. 몇 시쯤이면 될까요? 다섯 시? 여섯 시? 여긴 손님이 일찍 끊어지니까… 그래도 여섯 시는 돼야죠?"

은미는 딱 부러지게 거절을 못했다. 지난번에 약속한 것은 아니었다. 저들이 그렇게 밀어붙이고 자기들끼리 그렇게 믿는 척하고는 마치 은미가 약속한 것처럼 또 밀어붙이는 것이다. 그들은 마치 급한 일이라도 있는 것처럼 황망히 떠났다. 은미에게 핑곗거리를 만들 시간을 주지 않기 위해 뒤도 돌아보지 않고 떠났다.

은미는 어이없는 중에도 그들이 고맙기도 하고 안쓰럽기도 해서 빙긋이 웃었다.

그들이 떠난 후, 공휴일에만 아르바이트를 하는 규환이가 왔다.

산악자전거 팀을 시작으로 꾸준히 손님이 왔다. 낯익은 손님이 대부분이지만 처음 오는 손님도 있었다. 처음 오는 손님들의 첫 반응은 카페가 있을 만한 곳이 아닌 곳에 있는 카페에 대하여 한마디씩 언급하는 것이다.

"아! 어떻게 여기에다 엉뚱한 것 같은데 …탁월한 선택입니다. 내려다보는 맛도 있고…."

"난 파사성도 처음 알았는데, 이런 곳에 커피집이 다 있네.…그런대로 예쁘네."

"난 오히려 딱 이라는 생각이 드는 데 너무 좋다."

손님이 뜸해지는 늦은 오후가 되자 은미는 또 강우를 생각했다.

'오늘 토요일인데 무얼 하고 있을까? 가족들하고… 내 생각도

틈틈이 할까? 아주 안 하지는 않겠지?'

"전화할게"는 언제쯤일까?

좀이 쑤셔서 경미에게 전화를 했다. 기껏 경미에게 전화를 해서 별 궁금하지도 않은 동욱이 결혼에 대하여, 그리고 문숙이와 정모에 대하여 두서없이 묻다가 경미엄마 안부를 물었다.

한참 얘기를 주고받던 경미의 대꾸가 잠시 끊기는가 싶더니 이내 확신하듯 콕 찔러왔다.

"은미야! 너… 무슨 일 있지?"

순간 '아차' 싶었으나 바로 평정을 찾고 쏘아붙였다.

"일은 무슨 일…손님이 없어 심심해서 전화했다, 됐냐? 무슨 일 좀 있었으면 좋겠다."

경미는 수긍하는 듯 하더니 이내 다시 찔러왔다.

"아무래도 너 수상해. 평소 너답지 않아, 횡설수설하는 게…남자 생겼냐?"

"아! 얘가 왜 이러니? 남자가 생겼으면 너한테 먼저 말하지, 그런 걸 비밀로 하겠니?"

순간 자신의 말에 자신이 얽매이는 느낌이 들어 당혹스러워지자 빨리 전화를 끊어야겠다고 생각했다.

"어! 경미야! 손님 온다. 전화 끊어야겠다, 또 전화할게."

"어 엉? 지금 여섯 시가 다 됐는데… 산성에 손님이 있어?"

"응! 그러게, '어서 오세요.' … 끊을게."

은미는 전화를 끊고 자신을 자책했다. 본의 아니게 거짓말을 하고 덮기 위해 또 거짓말을 한 자신을 자책하며 중얼거렸다

"기집애! 대충 넘어가 주지…예민하긴. 아유! 기집애! 큰일 날 뻔했네."

여섯 시에서 3분쯤 지났을 때 송 선생한테 전화가 왔다. 지금 아래 주차장에서 박 선생과 함께 기다리고 있단다. 마뜩친 않지만 거부하기엔 정황상 이미 늦었다.

때로는 내키지 않더라도 해야 할 때가 있다. 바로 지금이 그럴 때라고 생각했다. 그리고 기왕 할 바엔 마음에서 우러나듯이 해야 한다.

"네! 바로 내려갈게요.… 잠시만 기다리세요."

마치 기다렸다는 듯이 조금 옥타브를 올리고 밝게 소리쳤다.

규환이에게 문단속을 부탁하고, 빠른 걸음으로 내려갔다. 내려가는 짧은 시간 스스로에게 다짐했다.

'젊은 여자와 놀고 싶은 마음을 헤아려 주자.…'

두 사람은 은미를 민망할 정도로 예우했다. 차 문을 열어주고 닫고를 박 선생이 빈틈없이 했다. 운전은 송 선생 몫이다. 두 사

람은 차가 누추해서 미안하다는 둥, 어쩌다가 차가 덜컹거리면 그때마다 박 선생은 송 선생에게 귀한 손님을 모시는데 운전을 이따위로 하느냐고 면박 아닌 면박으로 은미를 웃게 했다. 바르고 점잖아 보이는 두 사람도 모처럼의 젊은 여자와의 동행에 한껏 고무된 느낌을 평소보다 높은 옥타브로 표출했다. 두 사람은 대화를 끊이지 않고 이어가려고 애를 썼고, 은미도 열심히 받아 주기도 하고 묻기도 해서 차 안은 계속 떠들썩했다.

용문사 쪽으로 한참을 가다 어느 삼거리에서 우회전해서 얼마를 더 가니 꽤 넓은 개울가에 '베네치아'라는 식당이 있었다. 베네치아라는 이름보다 '화덕피자'라는 입간판이 더 잘 보였다.

은미는 아연했다.

"아이! 무슨… 이태리식당이에요? 그냥 소주 마셔요 호! 호! 호! …여기가 저한테 어울리는 곳이에요? 진짜 그런데 어떻게 이런 데다 이태리식당을 차렸지?"

"퓨전입니다. 소주요? 여기도 소주 있을걸? 없을까? 아! 은미 씨 하고 처음인데, 가오가 있지, 어떻게 소주를 마십니까? 와인 정도는 해야지…일단 들어갑시다."

"아! 그럼 다음엔 소주로 하면 되지, 하! 하! 하! 또 날 잡게 생겼네."

"아! 그러네. 좋은 생각이야. 하! 하! 하!"

두 사람은 신이 난다는 듯 장단을 주고받으며 큰소리로 웃었다.

식당에 들어서자 은은한 조명과 '엔니오 모리꼬네'의 서정적인 음악이 은미네를 맞았다.

거친 회색 시멘트벽 그대로에 깔끔한 공장, 또는 창고 같으면서도 나름 이국적인 분위기를 풍기고 있었고, 실내에는 초저녁인데도 손님들이 제법 자리를 채우고 있었다.

2층으로 안내를 받아 예약석 팻말이 놓여있는 창가에 자리를 잡았다. 창밖 개울엔 조명시설이 돼 있어 냇물이 하늘거리고 이제막 어둠이 내려앉아 은밀하고 아련한 분위기를 연출하고 있었다.

"너무 좋네요. 아! 정말 와인 마셔야겠네요.… 화이트로."

"좋지요? 밤엔 그럴듯한데 낮에 보면 좀….

"낮엔 왜요?"

"낮엔 좀 …보면 실망할 겁니다. 하천 풍경이 너무 적나라해서 지저분도 하고."

박 선생이 송 선생의 말을 자르고 말했다.

"아! 참! 분위기 좋다는 데 왜 낮 얘기를 해요? 우린 밤에만 오면 되지, 은미 씨! 앞으로도 밤에만 오도록 합시다. 하하하… 또날 잡게 생겼네, 안 그래요? 하! 하! 하!"

은미는 두 사람에게 고마움을 느꼈다.

메뉴 선택 문제로 약간의 설왕설래가 있었으나 은미가 세트메뉴와 칠레산 화이트 와인 한 병을 시킴으로 해결되었다.

"이런데 오면 뭘 시켜야 할지 잘 모르겠더라고… 여자들은 어떻게 잘 알지요?"

송 선생이 멋쩍은 듯 혼잣말처럼 물었다.

"남자분들은 이런데 잘 안 오시잖아요, 소주 집으로 가지. 우리 여자들은 술보다는 음식 그리고 분위기, 그런 델 찾아서 몰려다니죠. …수다 떨기 좋은 곳, 호호호! 아마 여자들 아니면 이런 식당들은 문 닫아야 할걸요."

"하긴, 우리 남자들은 그래."

음식이 나왔다. 샐러드와 식전 빵에 이어 해산물 리조또, 봉골레 파스타, 마르게리따 피자 그리고 와인 한 병, 종업원이 시범을 보이듯 와인병을 따고 코르크 마개를 박 선생에게 내밀었다. 박 선생은 당혹스러워하다가 곧 코를 내밀어 향을 맡고 고개를 끄덕이는데 숙연하기까지 해서 은미와 송 선생을 활짝 웃게 했다. 종업원이 각자의 잔에 와인을 조금씩 따라주고 고개를 정중히 숙이고 갔다.

"아이! 마주 절할 뻔했네…아이, 어색해! 하! 하! 하!"

박 선생이 얼굴까지 붉히며 말했고,

"할 뻔한 게 아니고 하던데 뭘, 하! 하! 하!"

송 선생이 놀렸다.

셋은 함께 웃었다. 조금은 과장 섞인 웃음이 끝나자 은미가 명랑하게 말했다.

"우리 정식으로 인사해요, 저는 이은미예요.⋯두 분은 제 카페에 손님으로 오셔서 서로 아시게 됐다고 하셨는데, 진짜 전에는 서로 전혀 모르던 사이가 맞아요?"

"흐! 흐! 흐! 그렇지요. 전혀 모르던 사이 맞고요, 카페에 들르기 전에 산성 정상에서 내가 이 박 선생한테 추읍산 모양이 그럴듯해서 그때는 산 이름을 몰랐을 때니까 무슨 산이냐고 물었더니, 이 박 선생도 모른다고 하더라고요. 그래서 그냥 말았는데, 내가 내려가다 카페에 들러 커피를 주문하는데, 이 박 선생이 들어오더라고. 근데 딱 보니 내 과야. 괜히 반갑더라고요. 그래서 말을 해보니 괜찮은 거야. 그래서 인사하자고 했지요. 그렇게 돼서 친구가 되었는데, 나이도 같고 생일은 내가 조금 더 빠르고⋯."

"그런데 그게 ⋯필연이라는 게 있는 것 같아요. 전생에 우리는 부부였을 것 같아요. 내가 남편, 송 선생이 마누라. 하하하! 정말 둘이 죽이 잘 맞아. 만날 사람은 이렇게 느지막이라도 만나게 되는 건가 봐요. 하! 하! 하!⋯내 이름은 박시호이고⋯둘 다 61년생 소띠입니다."

"나는 송창호⋯좀 흔한 이름 같지요? 흐! 흐! 흐! 우리 둘 다 끝자는 같은 호 자야, 그러니까 돌림이 같은 겁니다."

"호! 호! 호!…정말 두 분은 그랬을 것 같아요. 거의 매일 만나시지요? 부부같이. 우선 짠 한번 하시지요."

잔을 부딪치며 "건강을 위하여"를 낮게 외치고 한 모금씩 마셨다.

"두 분은 현역에서 은퇴하신 거죠? 너무 젊으신데, …어떤 일을 하셨었어요?"

"우리 둘 다 금융계에서 일했습니다. 나는 증권 쪽, 이 송 선생은 보험 쪽, 우리 금융계통이 퇴직이 좀 빨라요. 둘 다 같은 금융계통에서 일했으니까 잘 통해요. 퇴직하고 나서 처음엔 뭔가를 해볼까 했지요. 이것저것 생각하다가 접었지만, 전에 같이 일하던 선배나 동료들이 사업이랍시고 시작했다가 거지꼴이 되는 것을 많이 보고 생각을 접은 거지요. 이 송 선생도 똑같아요. 퇴직금이나 잘 까먹으면서 찌질하게 잘 살자. 하! 하! 하! 송 선생! 우리 앞으로도 이렇게 찌질하게 잘 살자고. 하! 하! 하!…"

"그러지 뭐, 인생 별거 있나! …은미 씨는 우리가 측은해 보이겠지만 우린 지금이 좋아요. 실적 신경 안 쓰는 것만 해도, 그동안 스트레스 참 많이 받았지. 난 돌아가고 싶지 않아."

은미는 돌아가고 싶지 않다고 말하는 송 선생의 서글픈 표정이 여운으로 남았다.

가슴속이 징하고 울어서 화제를 돌렸다.

"오늘 저를 이렇게 좋은 곳으로 초대해주셔서 감사합니다. 매일 카페를 찾아주시고, 정말 감사합니다. 그런데 두 분 다 참 젊어 보이세요. …제가 스물아홉이거든요. 저는 저보다 그러니까 대략 오십 전후겠지 했었는데, …와인이 달콤하고 좋네요."

"우리가 감사해야…아침마다 반갑게 맞아주고 따뜻한 커피도 챙겨주고, 우리가 고맙지. 오늘도 우리 같은 늙다리들하고 같이 자리도 해주고 자! 듭시다. …그런데 은미 씨! 스물아홉이라… 남자 친구 없어요?… 이런 거 물어보는 거 실례지? 그렇지?"

박 선생은 기껏 물어놓곤 송 선생을 보며 도움을 요청했다.

"그럼 실례지,… 이 카페 하기 전에는 어떤 일을… 아! 박 선생! 아들 서른하나라고 했잖아? 은미 씨, 이 친구 아들이 서른하나인데 학원 강사래요."

은미는 퍼뜩 강우가 떠올라 잠깐 망설이다 활짝 웃으며 말했다.

"저 남자친구 있어요."

순간 두 사람의 얼굴에 실망의 그림자가 살짝 머물다 지나갔다.

"아! 그래요? 그렇지…은미 씨 같은 미인이 없을 리가 없지. 자! 다시 한번 건배!"

어색한 분위기를 넘기기엔 술이 제격이기에 와인 잔은 자주 부딪쳤고, 얼마 지나지 않아 한 병을 더 주문했다. 은미가 애인 있음을 밝히고 나서부터 분위기는 다운되어 묘하게 겉돌고 있음을 은미 자신도 느끼고 당혹했다.

'아! 이분들이 내게 무슨 희망을 걸고 있었단 말인가? 남자로서…?'

은미는 술기운이 있는 중에도 분위기를 바꿔보려 했으나, 마땅한 방법이 떠오르지 않아 실없이 미소를 날리며 와인만 음미하듯 마셨다. 그런대로 대화는 이어갔지만, 분위기가 조금 어색해진 것은 어쩔 수 없었다.

바로 그때, 운 좋게도 탁자 모서리에 엎어져 있던 은미의 휴대폰이 진동으로 요동쳤다.

잽싸게 휴대폰 창을 열었다.

'어?… 강우 오빠!…'

잠시 잠깐 암전 상태가 되었다가 머리에 불꽃이 피어오르며 심장이 요동치기 시작했다.

"잠깐만요."

은미는 폰을 들고 일어서 급한 걸음으로 화장실 쪽으로 가며 통화 버튼을 눌렀다.

"어! 오빠!… 웬일? 이 시간에…."

하며 시간을 보니 8시 4분이다.

"……."

응답이 없다.

"오빠! …여보세요! …오빠!"

다급하게 부르다 기다렸다. 호흡을 멈추고 집중해서 기다렸다.

이윽고 강우의 가라앉은 목소리가 들려왔다.

"나야…잘 지냈어?"

"응! 오빠는?"

"……."

또 답이 없다.

"……."

은미도 할 말이 없었다. 잠시 동안 그 상태를 유지했다.

"나, 지. 금.… 양, 평에… 와, 있어."

진즉부터 쿵쾅이던 심장이 한 음절씩 끊어져 들려온 강우의 목
소리에 요란하게 반응했다.

"양평? …양평 어디에?"

은미의 목소리가 날카로워졌다.

"올, 래?…"

"……."

응답을 못했다. 강우도 침묵을 지켰다.

은미의 이성은 마비되었고 본능 비슷한 것이 꿈틀거렸다.

가고 싶다. 얼마나 고대했고 상상했던 순간이었던가. 바로 그 순간이 닥친 것이다.

'가야지, 갈 거야.'

그런데 입은 떨어지지 않고 어지럽다.

팽팽한 침묵이 길어지고 있다. 침묵을 깬 건 강우의 한숨어린 목소리였다.

"어렵지? …오지 마! …미안해."

순간, 은미가 낮게 외쳤다.

"갈게! …오빠! …양평 어디야?"

"……."

또 답이 없다,

"양평 어디야? 나 지금 바로 출발할게요"

"……."

강우의 침묵이 계속됐다.

"오빠!"

"응."

"어디냐니까! …지금 출발할게요."

"정말 올려구?"

"응, 갈게. …양평 어디로? …오빠! 그럼, 택시 타고 가면서 전화할게요."

"으응? … 그래, 그럼. 여기… '칭기즈칸' 이라는 호프집이야."

"칭기즈칸 호프집? 알았어요. 오빠! 내가 지금 용문 쪽에 있는데 택시 불러 타고 가려면 조금 시간이 걸릴 거예요. 좀 늦더라도 기다리세요."

"알았어. 기다릴게…천천히 와."

은미는 아래층 카운터로 택시를 부탁하러 내려가면서 자신의 발걸음이 후들거리는 것을 느꼈다. 술기운도 있었지만 갑자기 닥쳐온 상황이 너무나 벅찼다.

택시를 부탁하고 자리로 돌아오면서 무어라 핑곗거리를 만들어야 하는데 도통 생각이 만들어지지 않는다. 결국 그대로 자리에 앉으며 양해를 구했다.

"죄송해요, 전화가 와서…."

두 사람은 은미의 재등장을 아무렇지도 않다는 듯이 웃으며 맞이하고 얼마 남지 않은 와인을 은미의 잔에 붓고 건배를 제의했다.

"은미 씨! 한 병 더 해야지요?"

송 선생이 종업원을 부르려고 하자 은미가 제지하며 말했다.

"저,… 죄송합니다. 그만 가 봐야 할 것 같아요. …전화가 와서 …양평에 누가 와서 기다린다고 해서…밑에 카운터에 택시를 불러 달라고 해놨어요. 죄송해요. 다음번엔 제가 한번 모실게요. 정말 죄송해요."

은미는 황망한 중에도 두 사람에게 진심을 담아서 고개를 숙이며 이해를 구했다.

두 사람은 섭섭함이 표정에 묻어났지만, 상황을 인식하곤 곧 표정을 바꿔 현실을 인정했다.

"아! …어찌 이런 일이. 은미 씨, 그이가 오셨나 보죠? 얼른 가 봐요. …우리도 그만 끝내고 가지 뭐."

박 선생이 말했고 이어서 송 선생이 받았다.

"그러자고. 은미 씨, 아무 부담 갖지 말고 가요. 괜찮아요. 택시 불렀다고 했죠? 취소하고 내 차로 가요. 여기 대리기사 있으니까, 양평 모셔다드릴게요. 택시 취소해요."

은미는 난처했다. 자신의 돌출행동이 이들의 판을 송두리째 엎어버린 꼴이 돼버렸고, 게다가 양평까지 태워다 주겠다고 해서 처신이 난감했으나 때마침 종업원이 올라와 택시가 도착했음을 알려줌으로써 상황은 정리됐다.

"정말 정말 죄송해요, 다음번엔 제가 한번 꼭 모실게요. 약속해요."

은미는 미안한 마음을 두 사람의 손을 잡아 흔들어 표하고 겨우 자리를 모면했다.

택시에 몸을 실었다. 나이든 기사는 양평의 '칭기즈칸' 호프집을 잘 알고 있다고 했다.

은미는 조금 전 상황에서 벗어나 강우와의 만남에 집중했다.

이 밤에 서울에서 여기까지 그가 나를 찾아왔다. 가슴이 뛴다. 숨이 찬다. 정황상 포옹과 키스만으로 끝나지는 않을 것이다. 오늘은 진짜 끝을 보게 될 것이다. 그가 아니면 내가 원해서라도, 그렇게 되고 말 것이다. 숙명 같은 것, 오랜 숙원 같은 것.

오늘 밤 나는 울겠지. 서러워서 또는 기뻐서. 다 잃은 것처럼, 또는 다 얻은 것처럼. 그도 나처럼 망설임과 설렘과 간절함이 있겠지. 그도 두려움을 떨쳐내기 위해 술기운을 키우고 있겠지. 어느 한 쪽은 무뎌지기를 어느 한 쪽은 날카로워지기를 바라며.

그는 원래 내 거였다. 그리고 나는 그에 것이었다. 우리는 우리였다. 우리는 진즉부터 아니 원래부터 우리였었다. 잠시 길을 잃고 그곳을 지나쳐 낯선 골목을 헤매다 돌아왔을 뿐. 우리는, 우리로서 만나야 할 그곳에서 만나는 것이다.

그는 내 것이 돼야 하고, 나는 그의 것이 돼야 한다. 그것은 우리 자신이 거부하려야 거부할 수 없는 숙명 같은 것이다. 그래 숙명, 그거였어.

가슴이 벅차오른다. 술기운 중에도 표적이 명료하게 그려졌다. 두려움은 없다.

양평시내에 들어섰다. 그가 여기에 와있다.

'칭기즈칸'은 바로 눈에 띄었다. 저곳에서 그가 나를 기다리고 있다.

은미는 택시비를 계산하고 천천히 내려 한 발짝씩 누르듯이 걸음을 옮겼다. 긴장감과 간절함이 얽힌 감정을 달래며 그가 있는 곳의 문을 밀었다.

'칭기즈칸'은 요란한 외형과 달리 작고 초라해서 맥 빠진 모습이었다. 단 한 명의 고객이 들어서는 은미를 표정 없이 바라본다.

눈이 마주친 순간 훅 치미는 가슴을 다독이며 잰걸음으로 그에게로 가서 맞은편에 섰다.

"웬일…이래?"

"왔네, 정말."

의미 없는 질문을 밀어내자 강우는 의미 없는 답을 하고 희미한 미소만 보이다 반쯤 남은 생맥주잔을 들어 한 번에 쭈욱 들이켰다. 그리곤 빈 잔을 내려놓으며 낮지만 단호하게 말했다.

"가자!"

"어딜…?"

강우는 물끄러미 은미를 보았다. 은미도 의미를 모르지 않았다. 그래도 조금은 당황스럽다.

강우가 자리에서 일어설 기미를 보이자 은미가 다급히 말했다.

"오빠! 우리 한 잔만 더하고 가요."

조금의 여유가 필요했다. 이미 결심은 했지만 그래도 다시 한 번 자신에게 다짐을 해야 한다. 강우는 생맥주 두 잔을 작은 것으로 주문했다.

"잘 있었어?"

강우의 영혼 없는 질문에

"응, 오빠는?"

은미의 영혼 없는 대답과 질문.

"나도."

그리고 쑥스러운 웃음만 서로에게 보냈다.

맥주가 왔다. 쑥스러움을 감추기 위해 오징어포와 맥주에만 시선을 고정했다.

은미가 먼저 잔을 비웠다. 뒤이어 강우가 천천히 의식을 치루듯 마시고 일어섰다.

2

양평의 9시는 조용했다. 은미가 먼저 두 손으로 강우의 왼쪽 팔을 감싸 안으며 걸었다.

한동안 그렇게 걷던 강우가 팔을 빼어 은미의 어깨를 당겨 감싸 안고 걷기 시작했다. 은미는 한없는 안온함을 느끼며 자신을 강우에게 의지했다. 이대로라면 어디든 어떠랴.

　눈을 감았다. 눈을 떴다. 다시 눈을 감았다. 눈을 감은 채 한참을 가다 보니 아까와는 다른 서늘한 바람이 얼굴에 닿는다. 눈을 떴다. 어둠 속에서 희미하게 반짝이는 물결이 얼비쳤다. 강이다. 그 강, 그 둑길은 아니지만 여기도 둑길이다. 그때 그 일이 있은 후 그 낭패의 둑길을 얼마나 걸었던가? 얼마나 자책했었던가? 걸음이 멈춰졌다. 은미가 고개를 들었다.

　강우가 은미를 향해 몸을 돌리고 짧게 머뭇거릴 때 은미의 두 손이 뻗어 나가 강우의 목을 감쌌다. 깊고 애절한 입맞춤이다. 절절하고 깊고 깊은 입맞춤은 계속됐다.

　얼마만큼 지났을 때 강우가 입술을 떼고 은미의 얼굴을 감싼 채 나지막이 말했다.

　"술 마셨니? 아까 그 맥주 말고."

　은미는 고개를 끄덕이며 말했다.

　"많이, … 오빠 보고 싶어서…와인 마시고 있었어."

　"그런데 또 맥주를…술꾼이구나."

　강우는 다시 은미를 와락 끌어안고 더욱 격렬하게 입술을 유린했다. 은미도 적극적으로 호응했다. 너무 짜릿해서 신음이 새어

나오며 숨이 가빠졌다. 행복했다.

모텔 입구에 들어서기까지 몇 번의 가벼운, 몇 번의 깊은 키스가 이어졌다.

"특실이요!"

강우가 특실을 요구했고, 특실은 맨 위층인 7층이었다.

강우가 방에 들어서자 모든 창문부터 열었다. 은미가 강우를 뒤에서 끌어안고 얼굴을 기댄 채 강우가 움직이는 대로 따라다녔다. 창문을 다 연 강우가 은미의 팔을 잡아뗀 후 은미의 허리를 감싸 안고 입술을 맹렬히 흡입하며 창가로 이끌었다. 불빛에 반짝이는 강물이 내려다보였다.

"아! 강이 보이네. 아! 너무 좋다."

강바람이 들어와 자리를 잡는다. 이번엔 은미가 먼저 강우의 목을 당겨와 입술을 흡입했다.

강우는 은미의 허리를 사정없이 당겨 안고 한 손을 엉덩이를 쥐어 쓸었다. 이어 두 손이 은미의 아래위를 가리지 않고 휘저으며 돌아다녔다. 한동안 정신없이 몰두했다.

은미는 스물아홉 살이다. 경험이 없어도 알건 아는 나이다. 때가 되었음을 알았다.

"오빠! 그만!…그만, 씻자!"

은미가 강우의 등을 토닥이며 말했다.

그제야 강우가 상기된 얼굴에 멋쩍은 웃음을 보이며 팔을 풀었다. 풀려난 은미가 헝클어진 매무새를 매만지며 탁자 위에 얌전히 개켜있는 가운 중 하나를 집어 들고 명랑하게 말했다.

"나 먼저 씻을게."

은미는 욕실로 향했다.

"어! 그래, 먼저 씻어."

강우는 얼결에 대답하고 망연히 은미의 뒷모습을 바라보았다.

　은미는 명랑한 척했지만 두려움으로 떨려왔다. 통로가 터 있는 벽 너머에, 그가 신경을 곤두세우고 있을 것을 생각하니 옷을 벗기가 망설여져 입은 채로 양치질부터 정성껏 했다.

　양치질 후 겉옷부터 벗는데 손이 떨려 단추 푸는 게 쉽지 않았다. 브레지어와 팬티를 벗을 때엔 잠깐 무언가 생각이 필요해서 망설였으나, 이내 재빨리 벗어 겉옷 밑에 감추었다.

　샤워 부스 문이 통유리로 돼 있어 난감하면서도, 한편으론 야릇한 흥분에 휩싸여 연신 바깥쪽을 살피면서 샤워를 했다. 잠시 후에 일어날 일들이 그려지며, 두려움과 막연한 죄의식이 비어져 나왔으나 오래된 갈급증이 그것을 밀어냈다.

　쿵쾅거리는 가슴을 애써 진정시키며 정성껏 씻어냈다. 자신의 샤워 시간이 너무 길어졌다는 것을 알아차리고, 서둘러 끝내고 밖으로 나와 벽면 전체가 거울인 앞에서 자신의 알몸을 대하며 부끄러움 중에도 전신을 살펴보았다. 처음은 아니다. 전에도 자신의 알몸을 가끔 보았었다. 그때마다 썩 마음에 들지 않았었고, 오늘도 어딘가 부족했지만 어디라고 콕 집어낼 수는 없었다. 아주 잠깐 허리가 좀 더 잘록했으면 하는 생각을 한 것 같았다.

한가한 생각을 하고 있을 때가 아니다라는 생각이 들자, 재빨리 가운을 입고 벨트를 단단히 맨 후 욕실을 나왔을 때 강우는 미동도 없이 강을 내려다보고 있었다. 기척을 느낀 강우가 돌아보며 싱긋이 웃으며 다가와 은미를 안았다.

다시 키스가 시작되었다. 은미는 가운 속의 알몸이 신경 쓰여서 집중할 수가 없었지만, 강우와 호흡을 맞추려고 애썼다. 점점 격렬해지며 강우의 손이 가운 속으로 파고들자 은미가 깜짝 놀라며 뿌리쳤다.

"그만! … 오빠, 씻고 와."

강우는 그제야 벌겋게 상기된 얼굴로 은미를 놓아주며 싱긋이 웃고 고개를 끄덕이며 욕실로 가다가 뒤돌아서서 들뜬 목소리로 말했다.

"기다려…."

은미는 눈으로 답하며 웃음을 지어 보였다.

은미는 가운을 여미며 잠시 강을 내려다보았다. 제법 술기운이 오름을 느꼈다.

강바람을 크게 몇 번 들이마신 후, 창문을 모두 닫고 가운을 입은 채 침대에 누웠다. 잠시 후에 일어날 일들을 그려보았다. 이래도 괜찮은 건가? 정말 괜찮은 건가? 그러나 이내 그러한 걱정은 헛것이 되어 날아가 버리고, 조금은 불안정하고 뜨거운 기대만이 부풀어져 온몸과 마음을 지배해 갔다. 시간이 흐르며 술기운 때문인지 몸이 뜨거워지고 달뜬 채로 떨리는 것을 느낄 수 있었다. 긴장감이 조금씩 차오름을 느끼고 있을 때, 마침내 강우가 가운을 걸치고 나타났다. 강우는 서두르지 않았다. 침대에 다가와 생각을 정리하듯 은미를 빤히 내려다보았다.

"괜찮아?"

"……."

은미는 말없이 마주 보다가 억지 미소를 지으며 아주 작게 고개를 끄덕였다. 그리고 갑자기 몸을 일으켜 강우를 빙 돌아서 욕실 쪽으로 향했다.

강우는 영문을 몰라 의아한 표정을 지었으나 은미는 아랑곳하지 않고 욕실로 사라졌다.

그리고 잠시 후, 사용하지 않은 수건 두 장을 들고 와선 부끄러움에 입술을 삐죽이다 침대로 올라와 주춤거리며 강우의 눈치를 살피듯 망설이고 있다.

강우는 무슨 사정인지 몰라 눈으로 물었다. 은미는 대답 없이 이불을 젖히고 침대 시트 중간쯤에 수건을 겹쳐 깔았다.

강우는 그제야 알았다.

"아! …아!"

탄식이 절로 나왔다.

은미는 강우가 내뿜는 장탄식에 두려운 중에도 문득 용기를 낼 때라고 판단했다.

"오빠! … 오빠 지금 나 걱정하고 있지? 괜찮아, …나, 오빠 사랑해."

은미는 강우의 손을 잡아당겼다. 강우는 잠시 심각한 표정을 지었으나 곧 결심이 선 듯 은미의 손이 당기는 대로 다가가 은미를 안았다. 강우는 은미의 입술을 흡입하며 가운을 위로부터 벗기었고, 은미는 강우의 벗김이 수월하도록 엉덩이를 들어 주었다. 이어서 강우는 자신의 가운도 벗어 침대 밑으로 던졌다.

드디어 둘은 알몸이 되었다. 은미는 이런 순간을 수없이 그려 왔고 대비했었지만, 이 순간 알몸으로의 포옹은 지난날 상상과는 너무 달랐고, 또 지난번 포옹들과는 비교할 수 없을 정도로 몸을 떨게 했다. 갈망과 두려움이 뒤엉킨 떨림이었다.

둘은 서로의 떨림을 확인하며 이젠 모든 것을 본능에 맡겨야 되는 순간이 다가왔음을 온몸으로 알았다. 그러나 강우는 떨리는 중에도 경험자답게 초인적인 인내심으로 본능을 감추고 지극히 이성적으로 살뜰히 어르듯이 쓰다듬으며 은미가 안심하고 따라오도록 침착하게 이끌었다.

은미가 상상으로만 그려보았던 미지의 세계, 때때로 갈급증을 일으키게 했고 불면으로 뒤척이게 했던 미지의 세계, 그 환상 속으로 착실히 이끌어 갔다.

강우는 참는 괴로움으로 후들거렸고 땀을 뚝뚝 흘리며 결정적인 순간을 맞이하기 위해 초인적인 집중력으로 은미의 팽팽한 나신을 손으로 쓰다듬고 입술로 더듬어 쓸고 다니기를 쉬지 않고 지속했다. 은미의 몸도 극적인 부들거림으로 반응하며 흥분과 긴장으로 땀을 흘리며 덜덜 떨리는 신음을 쏟아냈다. 은미는 그 와중에도 강우가 걱정되어 코와 턱에 매달린 땀방울을 손으로 문질러 닦아 주었다.

늪에서 늪으로 끝없이 빠져들어 갔다. 정신없이 시간이 지나고 집요한 흥분과 긴장의 연속선에서 드디어 강우의 고삐가 풀렸다. 강우를 어지럽게 얽어맸던 이성은 사라지고, 본능만이 무섭게 솟아나 오직 한 곳을 향해 돌진에 돌진을 거듭했다.

은미의 다급하게 터져 나오는 비명 속에서 고삐 풀린 본능은 아랑곳하지 않고 끝까지 치달았다. 그리하여 가쁜 들숨과 날숨이 멈춘 무호흡의 절정에서 조물주가 설계한 마지막 문을 조물주가 뜻하는 대로 마침내 뚫어 젖혔다. 최종 완성본, 그것이다.

은미의 머릿속에 그 순간의 찢어지는 아픔과 더불어 새겨진 생생한 극한의 기억도 또렷하게 각인되었다.

본능의 개가는 애초부터 예정되어 있었다.

은미는 울었다.

아파서 울었고, 아쉬워서 울었고, 해갈의 승리감에 울었고, 그리고 이유 없이 울었다.

울음은 짧게 한 번에 울었고, 욕실에서 수건의 혈흔을 씻어내며 한번 더 짧게 울었다.

"또 울었어?"

욕실에서 돌아온 은미의 얼굴을 보다 강우가 놀리듯 물었다. 은미는 울지 않았다고 도리질을 하며 잽싸게 강우의 품을 파고들었다. 어느새 강우의 품은 은미의 깊고 아늑한 보금자리가 되어 그대로의 알몸을 받아들여 편히 쉬게 해주었다. 느긋이 쓰다듬는 강우의 손길이 한없이 부드럽고 안온하게 느껴져 찔끔 눈물을 흘렸다.

은미는 귓가에 강우의 입김과 그리고 강우의 심장 박동을 느끼며 꿈도 없는 깊은 단잠 속으로 깊숙이 빠져들어 갔다.

은미가 잠에서 빠져나온 것은 온몸이 땀에 젖고 숨쉬기가 불편해서였다. 이불을 걷어차며 잠에서 깨어 정신이 나자 상황을 떠올렸다. 부끄러움이 밀려왔다.

은미가 움직이자 강우도 깨어 기지개를 켜며 말했다.

"잘 잤지? 잘 자던데, 코까지 골고 …어유! 이 땀 좀 봐!"

"진짜? 나, 코 골았어?

"그럼, … 나 만나기 전에 술 많이 마셨니?

"응, 좀, …와인, 몇 잔."

"그래서 코를 '새 액색' 골았구나, 코 고는 것도 귀여웠어."

"정말? 무슨 코 고는 게."

"정말이라니까…가만있자, 몇 시나 됐나?"

강우는 휴대폰을 찾아 시간을 확인하곤 흠칫 놀라 일어나 앉으며 말했다.

"어우! 12시가 넘어 1시가 다 됐네.… 나, 가야 되는데…."

은미는 아연했다.

'아니! 이 시간에? 이 상황에?'

도저히 이해가 되지 않았으나. 다음 순간 상황정리가 되며 뼈저리게 이해가 되었다.

'오빠는 아내가 있는 남자다.'

낙망과 수치스러움이 밀려왔지만 겨우 말을 만들어 밀어냈다.

"이 시간에 어떻게? 차도 없잖아?"

"차 있어, 갖고 왔어. 아까 거기 골목에 세워 놨어."

절망의 늪에서 겨우 다시 말을 찾아내어 밀어냈다.

"술 마셨잖아! 어떻게 운전할라고?"

"맥주 조금밖에 안 마셨어…이제 다 깼어."

강우의 확고한 의지를 읽은 은미는 이젠 기어드는 소리로 하소
연했다.

"그럼 나는 어떡하지?"

그제야 강우는 자신의 일에서 깨어나 은미의 일을 생각해 낸
것 같았다.

"글쎄, 어떡하지? …혼자 자다 아침에 나가기가 좀 그렇지? 같
이 나가자! 집에 태워다 줄게. 그게 낫겠지?"

은미는 체념할 수밖에 없었다. 이렇게 절망적인 일이 있을 줄
예상하지 못한 자신을 자책해야 했다.

절망 상태에서 일어나 몸을 대충 씻고 옷을 챙겨 입는 일이 쉽
사리 될 순 없었다. 더구나 먼저 준비를 마치고 기다리는 강우 앞
에서 너무 부자연스러웠고 지체되었다.

강우는 태연한 척했으나 은미는 이미 그의 침묵에서 보이지 않
는 재촉을 느끼고 있었다. 강우는 기어이 다가와 은미의 옷 입기
를 거들었다. 옷 입기가 끝나자 강우는 은미를 가볍게 안고 가볍
지 않은 입맞춤을 조금 길게 했다. 그리고 활짝 웃는 모습을 보

였다.

그런 다음 은미의 가방을 챙겨 메고 앞장서 방을 나섰다.

둘은 모텔을 나와 차가 있는 곳을 향해 부지런히 걸었다. 은미는 좀 천천히 걷고 싶었지만 차마 말을 못하고 강우의 팔을 잡고 끌리듯 따라갔다.

은미는 차츰 화가 치밀어 올랐고 자꾸 울음이 터질 것 같아 불안했다.

"오빠! 좀 천천히 가자! 숨 좀 쉬면서."

"아! 그래, 그래."

걸음은 느려졌지만 강우는 여기에 있지 않고 딴 곳에 있음을 그의 침묵으로 표현하고 있었다. 걷기만 했다.

침묵은 차 안에서도 이어졌다. 양평에서 파사성 주차장까지 가는 동안 대화는 불과 몇 마디에 지나지 않았다. 영혼 없는 강우의 질문에 은미도 단답형으로 저항했다.

"이은미! 그곳에서 혼자 살면서 무섭진 않아?"

"아뇨."

"먹고 살 만큼 수입은…아! 된다고 했지?"

"네."

"이곳에서 친구들 좀 생겼어?"

"조금요."

"요즘도 책 많이 읽나?"

"네."

파사성 주차장에 도착하자 그제야 강우가 은미 얼굴을 살피며 차분히 말했다.

"미안해! …사실 외박은 처음이라,… 내가 좀 신경이 쓰여. 이은미! 미안해…사랑해!"

은미는 가슴 멍울이 스르르 풀림과 동시에 울음이 터져 나왔다.

"오빠! …내가 흑! 흑!"

강우는 은미를 당겨 안았다. 길고 처절한 입맞춤이 성사됐다. 짭조름한 눈물 맛을 고스란히 맛보며 오랫동안, 오랫동안 계속됐다. 은미는 서러웠다. 은미는 행복했다. 은미는 미안했다.

"울보 되겠다. …울지 마. 잘 있어, 곧 전화할게."

은미는 고개만 끄덕였다. 강우는 차를 돌려 가다 창을 열고 "전화할게!"를 외치곤 갔다.

은미는 혼자 남아 어두운 길을 오르며 울었다.

자신이 미워서, 허전해서, 고마워서, 울었다. 우는 중에도 강우의 마지막 말이 생각나 위안이 되었다. "곧 전화할게."

'곧 이라면 언제쯤일까? 이틀? 삼일? 일주일?'

3

　이튿날 아침 박 선생과 송 선생은 오지 않았다. 전에도 종종 볼 일이 있어서 오지 않을 때도 있었지만, 오늘은 어젯밤의 무례가 원인인 것 같아 느낌이 좋지 않았다.

　한편으론 오늘만은 두 선생을 안 보는 것도 좋다고 생각했다.

　어젯밤 일들의 흔적이 남아있는 상태로 두 선생을 만난다는 것이 꺼림직했다. 하루쯤 지나서 보면 좋겠다고 생각하면서 영영 오지 않는다면 어쩌나 하는 걱정도 됐다.

　한편 이런저런 일을 하면서도 강우와의 일들이 수시로 떠올랐다.

　'지금 무얼 하고 있을까?' '어제저녁, … 오늘 새벽에 집에 가서 뭐라고 변명했을까?'

　'오늘 일요일이라 아직 잠을 자고 있는 것은 아닌가?'

　'언제쯤 전화를 할까?'

　'어젯밤 있었던 일들을 생각하고 있진 않을까?'

　거기까지 생각하다 온몸에 전율이 일어 머리를 흔들었다. 일이 손에 잡히지 않는다.

　규환이가 왔다. 왠지 규환이 대하기가 어색하다. 카페를 규환이에게 맡기고 2층으로 올라가 강석우가 진행하는 음악방송을 들으며 커피를 마셨다. 강석우의 안온한 목소리와 클래식 연주가 마음을 차분하게 해준다.

　은미는 거의 매일 아침나절엔 강석우 저녁나절엔 배미향의 목소리를 듣는다. 그들의 목소리와 그들이 선택해서 띄워주는 클래식 곡과 흘러간 팝송을 들으면 한없는 평온함을 느꼈다. 오늘따라 강석우의 목소리가 마치 강우의 '미안해…사랑해' 같이 달콤하고 은밀스럽게 들렸다. 강우가 그립다. 그 품, 그 입술, 그 목소리가 그립다.

　진동이 울렸다. 강우다.

　"오빠…"

　"어! …잘 잤어?"

　"응, 오빠는?"

　"잘 잤어, …너 또 울었지?

　"아니, 안 울었어. 바본가? 자꾸 울게."

　"그래, 그래, 울지 마라. 바보같이…또 전화할게."

　"벌써 끊으려고?"

　"응, 울지 말고 씩씩해. 또 전화할게."

　"이렇게 빨리 끊을 거면 뭐 하러 해?"

　"미안해…이렇게라도 해야지 보고 싶은 걸 참지, 바보야."

　"바보?… 바보를 왜 보고 싶어 해?"

　"하! 하! 참!…넌 나 안 보고 싶어?"

"어제 봤는데 뭐가 또 보고 싶어?

"어쭈! 섭섭한데…나 전화 안 해도 돼?"

"그건 안 돼!…나 병나."

"흐! 흐! 흐!… 병나지 말고 잘 있어, 또 전화할게."

"응, 오빠! 고마워."

"그래! …전화할게."

이 아침 시간에 전화를 해줄 줄은 전혀 예상을 못했었다.

'오빠는 나를 매우 걱정하고 있다.'

은미는 자신이 사랑받고 있다는 자긍심으로 가슴이 벅차올랐
다. 사랑이 끓어올랐다.

'전화할게'를 연거푸 네 번씩이나 말하지 않았는가? 나를 안심
시키기 위해.

'오빠! 사랑해, 정말 사랑해…울지 않을게.'

울컥 가슴이 치밀어 올랐다. 결국 한 방울을 흘렸다. 그리곤 미
소를 지었다.

행복했다. 사랑하는 사람한테 사랑받고 있다는 현실이 너무나
행복했다.

카페 영업이 끝나고 규환이도 돌아가고 한참 후 강우에게서 또
전화가 왔다.

"어! … 오빠!"

"응,… 카페 아직 영업해?"

"아니, 끝났어. 여기 일찍 손님 끊어져."

"으응, 그렇구나. 오늘 손님 많았어?"

"그냥 괜찮았어. 어제 같은… 토요일만큼은 아니지만 바쁘지 않은 정도."

"문 닫았으면 이제부턴 뭐 할 거야?"

"할 거 많지. 하루 종일 갇혀 있었으니까, 우선 산책 좀 하고… 이쪽으로 한 바퀴 도는 코스가 있어. 한 시간쯤 걸려. 그다음은 다시 와서 저녁 먹고, 책도 보고, TV도 보고, 친구하고 전화로 수다도 떨고, 그렇지 뭐."

"아아! 그래? 빼 먹은 게 있는 것 같은데?…내 생각은 안 해?"

"아! 이 오빠! …무슨 생각을 해? 나 오빠 생각 안 해."

"어허! 그럼 어떻게 하냐? 나는 하루 종일 은미 생각만 했는데."

"거짓말."

"정말인데,… 내일부터는 하지 말아야겠다."

"흐! 흐! 흥! 오빠! 그만 웃겨! 아재 개그 같아."

"그래! 하! 하! 씩씩하게 살아. 들어가, 또 전화할게."

"으응, 오빠도…."

전화를 끊고 잠시 먼 곳을 바라보았다.

서쪽 하늘엔 옅은 노을이 사위어가고 있었고, 저물어가는 강물 위로 가로등 불빛이 길고 밝은 그림자를 드리우고 반짝인다.

카페를 나서 강둑길에 오르자 청량한 바람이 뺨을 어루만지듯 간질이며 맞이한다.

묵은 숙제를 다 끝낸 오늘은 양평 방향이다.

몸도 마음도 상쾌하다. 많이 걷고 싶다. 멀리 더 멀리 걷고 싶다.

강둑을 따라 걸으며 점점 생각에 빠져들어 갔다.

강우에게 사랑받는 짜릿함에 마음이 저려오면서도 깊은 곳에서 안타까움이 스멀스멀 피어오름을 느꼈다. 불륜, 스멀대는 그것을 떨쳐버리려고 의도적으로 강우의 입술과 품만 그리려 애썼다. 얼마나 후회했고 얼마나 갈망했으며, 얼마나 그리던 순간이었던가? 놓치고 싶지 않다. 붙들어야 한다. 매달려서라도 잡아야 한다.

맞춤한 품속, 신묘한 입술, 알몸이 주는 절정의 결속감, 지금도 나를 떨게 하는 그 손길을 어찌 외면할 수 있단 말인가. 오빠는 내게 고백했다.

"사랑해."

나는 오빠에게 사랑받고 있다. 나는 오빠에게 사랑받고 있다.

4

　월요일 아침 박 선생과 송 선생이 여느 때와 같이 나란히 들어 왔다. 은미는 진심을 다해 반갑게 맞이했다. 둘은 은미의 진정어 린 환대에 어제 오지 않은 사연을 마치 변명하듯 길게 늘어놔서 또 은미를 웃게 했다.

　"아! 글쎄! 저 박 선생이 나가떨어졌어요. 저 박 선생 술 잘 못 하는 거 알고 있었어요. 그런데 그날 와인이라고 얕봤는지, 아니 면 은미 씨한테 쪽 팔릴까 봐 그랬는지, 잘 마시더라고. 거기서는 멀쩡했잖아요? 그런데 아침에 못 일어났대요. 내가 여기 주차장 에 거의 다 와서 전화했더니 마나님이 받아요. 뻗었대요. 그래서 아차 싶더라고요. 여기 마나님도 남편이 술 먹고 뻗었는데 해장 국도 안 끓여준 거예요. 생전 처음이니까 모르는 거예요. 그래서 내가 가서 해장국집에 데려가 양평 해장국 한 그릇씩 먹고 나니 까 그제야 좀 나은 것 같더라고요. 사람이… 어떻게 셋이 와인 두 병 마셨는데 그렇게 가버려? 그러니 좀 덜떨어진 사람이지요?"

　"아! 송 선생! … 아니, 거기 나와서 맥주 마신 건 왜 빼? …거 기서 나왔는데 굳이 술 한잔 더 하자는 겁니다. 아이! 그냥 가자 니까 한 잔만 더 하재요. 와인을 마시니까 입안이 텁텁하대요, 글 쎄. 결국 호프집에서 생맥주 한 잔씩 했는데, 그거에 내가 간 거지."

"아! 그거 반은 내가 마셨잖아. 나머지도 다 안 마신 것 같은데….
아! 그렇다고 떨어져?"

은미는 그들의 정겨운 토닥거림도 나름대로 재미있었지만, 여
하튼 두 사람이 변함없이 카페를 찾아준 것이기에 고마운 마음에
조만간 자리를 마련하겠다고 약속을 다짐해 줌으로 그들을 행복
하게 했다.

5

온종일 기다렸으나 강우로부터 전화가 없다. 불길했다.

온통 안 좋은 쪽으로만 상상의 날개가 펼쳐지다 그럴 리가 없다
는 식의 오락가락 생각이 얽크러져 종잡을 수가 없는 하루였다.

겨우 하루 전화 없다고 허둥대는 자신이 한심스러워 고개를 저
어 떨쳐버리려 했으나 불안은 여전히 떨어지지 않았다. '내일은
오겠지' 하고 스스로를 위로했다.

화요일 오전 11시쯤 강우로부터 전화가 왔다.

심호흡을 하고 태연한 척하며 전화를 받았다.

"어, 오빠! 또 전화했네."

"응, 잘 지냈어?"

"그럼, 잘 지내지. 오빠는?"

"잘 지냈어.… 어제 내 전화 기다렸지?"

"조금… 그저께 했었잖아? 바쁜데 어떻게 매일 해?"

"어쭈! … 나 안 보고 싶었단 말이야? 나는 보고 싶던데."

"아이! …나도…"

"그렇지? …이번 토요일 날 그리 갈게, 양평에서 만나자. 토요일하고 일요일은 아르바이트생이 온다고 했지?"

"토요일? 이번 토요일? 규환이? 아르바이트하는, … 공휴일만 와,…몇 시쯤 오려고요?"

"그 애가 와야 나올 수 있잖아? 한 12시쯤 만나서 점심 같이하자."

"그렇게 일찍? 양평 어디서?"

진동음이 울릴 때부터 진정시켜야 했던 가슴이 사정없이 요동을 치기 시작했다.

"그 호프집 앞에서 만나서 식당 가자. … 그날, 가면서 전화할게."

"칭기즈칸 호프집 앞에서? …네, 알았어요."

마지막까지 침착하게 마무리하고 전화를 끊었다.

이제 전화를 기다리며 초조하던 마음에서 훌쩍 벗어났다. 나흘 후면 만날 수 있으니, 그 사이엔 전화가 없더라도 전혀 불안하지 않을 것이다.

불안하지 않은 대신 교감신경의 흥분으로 아드레날린이 분비되는지 가슴이 벅차오르고 생각과 행동이 차분하게 되지 않았다.

이렇게 설레어본 적이 있었던가? 쉽게 가라앉지 않았다. 한참을 지나서야 비로소 마음을 진정시킬 수 있었다.

그러자 이번엔 생전 처음으로 옷과 몸단장에 신경이 쓰였다.

'어느 옷을 입지?'

'토요일엔 일찍 양평에 가서 미장원에 가야지.'

'금요일엔 일찍 문 닫고 목욕탕을 다녀와야겠다. 마사지도 받아야지.'

생각이 순서도 없이 떠올랐다.

그렇게 기대에 한껏 부풀어지면서도 마음 한편 스멀거림을 완전히 떨쳐 버릴 순 없었다.

'오빠는 유부남이다' 라는 대전제가 고개를 들고 삐져나오려고 한다. 애써 피하려고 하지만 한사코 간단치 않다.

그러나 '유부남' 이라는 대전제조차 지금 상황에선 별것 아니다. 무시해야 한다. 결단은 외면하는 쪽으로 기울어져 갔다. 자신이 죄인이 되어 간다는 생각을 의식적으로 모른 척하며, 다가올 만남에 대한 기대와 준비에만 몰입하려고 했다.

그는 나를 사랑하고 있다. 그것도 오래전부터, 아주 깊이 계속적으로 그래왔고, 지금도 변함없이 나를 사랑하고, 나를 원하고 있다. 나 또한 그러하지 아니한가? 얼마나 원했었고, 기다렸고, 견뎌왔던가? 서로 그렇게 원하던 우리가 이제 겨우 만나 서로의 마음을 확인하고 몸으로도 회한을 풀며 확인했는데, 그리고 무엇보다도 이렇게 좋은데, 왜 망설여야 하는가? 나는 중간에 끼어든 것이 아니다. 그와 나는 원래부터 연인이었다. 지금도 그렇다. 지금은 사랑할 때다. 사랑에 몰두할 때다. 또다시 놓칠 순 없다. 나는 이제 겨우 나의 진짜 오래된 연인을 찾은 것이다.

열심히 최면을 걸고 또 걸었다.

길고 긴 하루하루가 지나고 겨우 토요일이 도래했다.

어제 오후엔 목욕탕에서 때를 밀고 전신 마사지까지 받았다. 그리고 옷집에 들러 깔끔한 정장 한 벌과 역시 깔끔한 흰 블라우스를 샀다. 옷집 출입은 오랜만이다.

모처럼 차려입은 은미가 어색함으로 서성이자 규환이가 수줍게 웃으며 말했다.

"너무 예뻐요. 신랑 친구 중에서 한 명 골라오세요."

친구 결혼식장에 간다고 말한 것을 곧이듣고 한 말이었다

조금은 어색했지만 기쁜 마음으로 주차장으로 걷는데 솔바람이 불어와 새 블라우스 깃이 목을 간질인다. 솔바람의 느낌도 희디흰 블라우스의 느낌도 설레게 했다.

좋은 일이 일어나고 있다.

조심스레 운전석에 앉아 심호흡을 하면서 자신을 다독였다. 침착하자. 침착하자.

양평 칭기즈칸 앞에 15분이나 미리 도착했는데 강우는 이미 도착해있었다.

은미가 차에서 내리자 강우가 다가오며 아래위를 살피며 말했다.

"예쁘다… 새 옷 같은데 …그런데 어떻게 이렇게 일찍 왔어?"

"응, 오빠한테 잘 보이려고 돈 좀 썼어. 괜찮아?"

"응, 이쁘다. …은미가 옛날에도 옷태가 좀 났었지."

"어? 내가? 옛날에도 내가 그랬다고?"

의외였다.

"그랬지, 옷태도 나고 예쁘니까 내가 좋아했지, 바보야."

"바보? 또 바보래.…오빠 언제 도착했어? 난 내가 먼저 도착할 줄 알았는데, 먼저 왔네."

"좀 일찍 출발도 했고, 차가 좀 덜 막혔어. 토요일이라 많이 막힐 줄 알았는데 생각보다 덜 막혔어. … 밥 먹으러 가자."

식사를 마친 후 지난번 그 모텔을 찾아갔는데 공교롭게도 또 그 특실을 배정받았다. 은미는 가슴이 두근거리는 중에도 낯설지 않은 분위기에 조금은 마음이 놓였다.

방에 들어서자 강우가 강 쪽으로 난 창문만 열어놓고 다른 창문들은 모두 닫고 곧바로 다가와 거칠게 허리를 끌어안으며 입술을 유린했다. 은미도 질세라 호응했다. 지금까지의 키스와는 달랐다. 집요한 것은 같았지만 입술 유린을 지나 혀를 뽑을 듯이 흡입해대는 키스에 당황스러웠다. 겨우 적응하긴 했지만 그 와중에도 '이 오빠가 엄청 흥분했구나'라고 느껴졌다. 강우의 손은 은미의 몸을 아래위 가리지 않고 휘젓고 다녔다.

은미도 점점 달아올라 아득해져 갔다. 황홀했다. 얼마나 기다렸던 순간인가!

거친 숨을 몰아쉬며 강우의 손길이 아래를 쓸고 다니자 은미가 다급해졌다.

"오빠! 씻고!…씻고!"

은미가 입술을 떼며 외치듯 말했으나 강우는 아랑곳하지 않고 한참이나 더 욕심을 채우고 겨우 떨어졌다.

은미가 가운을 들고 샤워실로 가려 하자 강우가 크게 말했다.

"나도 같이하자!"

은미가 멈칫하며 단호하게 소리쳤다.

"안 돼! 오빠! …빨리 씻고 올게."

강우는 흥분이 가시지 않은 표정으로 투덜대듯 대답했다.

"알았어! 알았어, 먼저 씻고 와."

그리곤 침대에 벌러덩 누워버렸다. 가슴이 오르락거렸다.

은미가 샤워를 마치고 나오자 또 달려들어 입술을 짓이기듯 유린하며 손은 가운 속으로 들어왔다. 은미가 가운을 완강히 봉쇄하고 다급히 말했다.

"씻고 와, 오빠! 씻고…."

강우는 입술을 떼고 벌건 얼굴로 은미의 얼굴을 응시하다가 단념한 듯 목욕탕으로 사라졌다.

은미는 강우가 사라진 목욕탕 쪽을 망연히 바라보다가 오빠가 이상하다는 생각을 했다.

가운을 입은 채 침대 속에서 기다리다 큰맘 먹고 일어나 가운을 벗어 방 한쪽으로 던져놓고 얇은 이불을 바짝 올려 목까지 가리고 얼굴만 내놓았다.

자신의 행동과 자신의 알몸이 자신을 흥분시키고 있음을 생생히 느끼며 가운 벗어 던진 것을 조금은 후회했다. 다음 순간 '다시 입을까' 생각을 한 것 같았으나 실행하진 않았다.

곧 강우가 올 것이다. 어떤 표정을 지을까? 궁금함으로 두근거렸다.

얼마 후에 강우가 맨몸으로 덜렁이며 돌아왔다.

은미는 어이없어했지만 강우는 아랑곳하지 않고 곧바로 다가와 이불을 홱 젖혔다.

잠시 멈칫 놀란 눈으로 망연히 은미의 나신을 내려 보다가 훅하니 숨을 들이쉬며 와락 달려들었다.

강우는 이미 제정신이 아니었다.

웬일인지 강우는 지난번과는 달리 허둥대며 처음부터 거칠게 달려들었다. 은미는 강우의 조급하고 거친 돌진에 막연한 두려움과 떨림 속에서 저항 비슷한 것을 했다.

강우는 은미의 저항을 힘으로 제어했다. 은미의 두 팔을 강제로 만세 부르는 자세로 올려놓아 무방비 상태로 만들어 놓고 마구잡이로 휩쓸고 다녔다. 팔이 어쩌다 내려오면 단호히 다시 제자리로 올려놓고 하던 일을 거침없이 계속했다. 거친 애무였다.

은미는 많이는 아니지만 당혹스러웠다. 어찌해야 할지 몰랐다.

할 게 아무것도 없었다.

강우가 고정시켜 놓은 자세를 그대로 견디기가 결코 쉬운 것은 아니었다. 분명 기대했던 사랑의 행위는 아니었다. 의문이 들었지만 복종해야 했다.

황홀을 가장한 부자연스러움 속에서도 신음소리는 새어 나왔다. 이제 강우는 한 곳을 향해 돌진을 시작했고, 은미의 팔은 그제야 자유를 얻었다.

땀으로 범벅이 된 둘의 몸은 최후의 고비를 정복하기 위해 안간힘을 썼다. 은미의 비명과 함께 정복은 이루어졌고, 강우는 은미 위에 엎어졌다. 천근의 무게였다.

은미는 강우 얼굴의 땀을 문질러주며 등을 토닥여주었다.

잠시 그 상태를 유지하던 강우가 옆으로 풀썩 떨어져 눕는다. 곧이어 은미를 당겨 팔베개를 해주고 귀를 만지작거리며 말했다.

"휴! …일주일 기다리느라 혼났네. … 자네는 안 그랬나?"

"으응? 흐! 흐! 흐! 자네?… 나도 그랬지"

대답은 그렇게 했지만 제대로 이해는 못한 채 자신도 기다렸기에 한 대답이었다.

강우는 섹스의 갈망을 얘기했지만 은미는 아직 그것을 제대로 이해하지 못했다.

그날 오후 두 번째 섹스에서 새로운 세상을 체험하고 나서야 강우의 "기다리느라 혼났네"를 어렴풋이 이해할 수 있었다. 섹스의 정점, 오르가즘을 느꼈기 때문이었다.

두 번째에는 강우가 여유를 되찾았다.

부드럽고 세심한 애무를 끈질기게 이어갔다. 템포와 강약을 조절하며 서두르지 않고 눈을 맞추며 은미를 이끌었다.

은미는 자신의 몸이 강우의 손과 입술 놀림에 저절로 떨리며 반응하는 것을 느꼈으나 어느 순간부터는 그것조차 느끼지 못했다. 알 수 없는 괴성만 질렀던 것 같았다.

강우의 몸통을 있는 힘을 다하여 끌어당기다가 어느 순간 사정없이 밀쳐내곤 억억거리며 부들부들 떨었다. 경련이었다. 경련은 한참 동안 계속되었다.

붕 뜨는 것 같기도 하고 쪼그라드는 것 같기도 한, 종잡을 수 없는 떨림 끝에 자신을 놓쳐버려 무아의 경계에서 소리를 질렀던 것 같았다.

강우는 엉거주춤한 자세로 처음부터 끝까지 눈앞에서 벌어지고 있는 그 신묘한 현실을 망연히 살피다가 '내가 해냈다'는 뿌듯함으로 충만해졌다.

얼마 후 경련이 잦아들며 정신이 서서히 돌아왔다.

강우가 은미의 등을 부드럽게 쓸어 주었다.

정신이 든 은미가 새삼 부끄러워 강우의 가슴으로 쏙 파고들었다. 그리고 가슴에 대고 말했다.

"오빠! 나 이상했지? …뭐라고 소리도 질렀던 것 같은데…."

"아니! 안 이상했어, 극히 정상이야…얼굴이 발그레하니 너무 예쁘다."

은미는 흥분의 여운이 남아있는 자신의 얼굴을 만져보았다. 기분 좋은 따뜻함이다.

행복했다.

6

강우는 번번이 은미의 기대감을 충족시켜주었다. 아니 기대감을 뛰어넘어, 새 세상을 열어 보여주는 것에 그치지 않고, 그 자신도 새로운 감각의 세계를 확장해 나가는 황홀경에 빠져들었고, 그 강도는 점점 심해져 갔다.

은미도 점점 극한의 맛에 길들여지면서도, 강우의 노력과 새로운 시도에 쾌히 호응하며 정점에 함께 도달하기 위해 무진 애를 썼다.

만남의 횟수가 늘어남과 신세계의 경이로운 오르가즘 횟수는 정비례로 늘어갔다. 매번 본능의 늪에서 늪으로 빠져들었고, 그럴수록 더 깊고 오묘한 늪을 갈구했다.

"오빠! 이게… 밥 먹는 것하고 똑같은 거 같아, 밥 먹고 시간이 지나면 또 배고파지는 것하고 똑같이. 오빠는 안 그래? 오빠도 그렇지?"

어느 날 강우의 품속에서 참았던 궁금함을 말해버렸다.

강우는 활짝 웃으며 듣다가 벌떡 일어나 맹수처럼 덤벼들며 다그쳤다.

"그래 맞아! 나도 그래! …정말 그렇게 배가 고팠어? 얼마나?… 얼마나 고팠어? 말해봐!"

기진해 늘어졌던 강우의 어디에 그런 힘이 예비 되어있었던지 굶주린 늑대가 되어 날뛰었다

마른 장작불에 기름을 왕창 부은 꼴이었다.

"오빠! 우리…이거 너무 잘 맞는 거 같지 않아?"

어느 날 강우의 품에 안겨 궁금했던 말을 해 버렸고, 강우는 피식 웃으며 고개를 크게 끄덕였다.

"그래! 정말 잘 맞아! …그래서! 어쩌자고?"

은미의 그 한마디는 강우의 자긍심에 불을 붙였고, 맹수로 만들어 마지막 한 방울의 에너지까지 다 쏟고도 떨어지지 않았다.

이래저래 둘은 물불을 가릴 줄 모르는 무소의 뿔이 되어, 오직

한 곳만을 향해 달려갔다. 점점 자극적으로 발전해 나갔고, 한 주일을 기다리기에 지쳐 주중 만남이 늘어났다.

급기야는 3일 연속으로 만나 불을 태우기도 했다.

한번은 토요일 낮에 양평의 모텔에서 온몸이 녹초가 되도록 섹스를 하고 헤어져 차를 몰고 돌아오는 도중에 강우에게서 전화가 왔다.

"어! 오빠…왜?"

"어! 그냥! … 아직 도착 안 했지?"

"응, 아직."

"그럼…그럼 말이야, 다시 양평으로 와."

은미는 의아했다.

"왜? 오빠, 무슨 일 생겼어?"

"아니, 그게 아니고 배고파."

"배가? 무슨 소리야?"

"배고프다고…너 또 먹고 싶다고 바보야."

은미는 겨우 알아차리기는 했지만, 어이가 없었다.

"오빠! 정말이야? 여태 했는데 무슨….”

그런데 묘한 일이 일어났다. 은미도 그때부터 배가 고파지기 시작하더니, 순식간에 걷잡을 수 없이 온몸으로 퍼져나갔다. 가슴이 떨리고 숨이 가빠졌다.

"알았어, 오빠. 지금 다시 갈게."

이미 녹초가 되었던 그들의 어디에 그런 힘이 남아 있었는지, 그들 자신도 놀랐다. 그날 그들은 끝의 끝을 본 다음에, 다시 또 한 번, 끝의 끝을 보았다.

틈만 있으면 만나다 이젠 틈을 만들어 만났다.

거의 매주 토요일 만났고, 때로는 주중에도 만났다. 주로 강우가 양평으로 왔고, 가끔씩 은미가 서울로 가기도 했다. 사정상 토요일에 만나지 못할 때는 주중에 은미가 카페 문을 닫은 후 저녁에 서울로 가서 만났다. 거의 매주 만났지만, 강우가 몸이 달아오를 때면 시도 때도 없이 만나자고 연락이 왔고, 은미도 단 한 번의 거절 없이 받아들였고, 때로는 그래도 갈증을 느낄 때가 있었다.

단, 은미가 먼저 만나자고 한 적은 없었고, 전화를 한 적도 없었다. 그것은 금기사항이었다. 서로 합의한 적은 없어도 그래야 한다는 것을 묵시적으로 알고 있었기에 금기를 지켰다.

채워도 채워도 채울 때뿐, 다시 일어나는 갈증은 은미의 이성을 마비시켰다. 아니, 이성은 살아있었지만 지속적인 갈증이 그것을 덮어버렸다.

죄인

내겐 죄가 있죠.

하지만 난 모른 척 피하죠.

그게 나를 떠나갈

이유가 될 줄 몰랐었죠.

그대 멍한 그 눈빛

아픈 그 표정 난 외면해요.

차마 내게 모질게 못하던

결국 이런 내 사랑 미련했나요?

결국 이런 나여서 지겨웠나요?

그대를 가지려고 하면 할수록

점점 멀어지네요.

정말 미안해요. 내가 많이 어리석었죠.

너무 후회 하는데 이젠 그대가 없네요.

사랑해요

그대 잠시만 내 눈 멀어져가도

난 화를 냈죠.

결국 이런 내 사랑 미련했나요?

결국 이런 나여서 지겨웠나요?

그대를 가지려고 하면 할수록

점점 멀어지네요.

정말 미쳤었죠.

나에겐 늘 그대만 보였죠.

그게 사랑이라고 행복이라고 믿었죠.

미안해요.

사랑해요. 사랑해요.

사랑해요. 사랑해요.

제 3 부

녹
턴

1

은미에게 강우는 독이며 약이었다.

가을이 왔고, 가을이 주는 애틋한 감흥이나 아련한 정감을 느끼긴 했으나 강우와의 일은 그것들조차 덮어 버렸다.

강우로부터의 전화는 은미의 모든 생활을 압도했다.

강우에게서 전화가 없으면 안절부절못하고 일에 집중하지 못하다가도, 전화가 오고 만날 약속이 잡히면 비로소 마음과 행동이 차분해지고 의욕이 솟아나 은미다워졌다.

'내가 왜 이러지?'

시간이 가면서 자신을 돌아보는 시간도 늘어나고, 강우에게 집착하는 자신이 한심스럽고 죄의식도 느껴져 벗어나야 한다는 것도 알았지만, 정작 그것에서 벗어나고 싶은 마음은 생겨나지 않았다. 오히려 그런 사태가 닥칠까 봐 늘 불안 불안했다.

은미는 자신과 강우와의 관계가 처음과는 많이 달라졌음을 몸의 느낌으로 알았다.

은미는 자신이 강우를 옛날부터 사랑했고, 지금도 그렇다고 믿었다. 그리고 강우도 그것은 확실하다고 믿었다. 아니, 믿고 싶었다. 그러면서도 자신이 섹스에 이렇게까지 빠져들 줄은 생각지 못했었기에 몹시 혼란스러웠다.

'내가 어쩌다가 이렇게 색을 밝히게 됐지? …색골?'

섹스의 위력이, 오르가즘의 욕구가 이렇게 지독한 갈증을 일으키며 자신을 지배할 줄은 정말 몰랐었다. 그것은 강우도 마찬가지였다. 아니, 더 집요했다. 끝없이 갈망했고, 끝의 끝까지 지독하게 파고들었다. 매번 그날의 섹스설계를 치밀하게 연구하고 오는지 매번 새로운 시도를 했고, 매번 은미의 헌신적인 호응을 받아 성공에 이르렀다.

은미는 매번 거부 없이 기꺼이 응했고, 민감하게 반응함으로써 함께 절정에 이르렀고, 강우를 만족감으로 달아오르게 했다.

한번은 은미가 섹스 중에 자신이 토한 말에 놀라 되레 질겁하면서도 멈추지 못했다.

"아! 오빠!…아!…어떻게 이렇게 좋을 수가 있지?"

강우도 놀란 나머지 하던 일을 멈추고, 멍한 표정으로 한참 후에 되짚었다.

"그렇게 좋아!"

"응…오빠는?"

"나도…"

그 통에 자극이 일었는지 솟았는지 강우는 기다렸다는 듯이 죽기 살기로 돌진해왔고, 은미도 질세라 적극적으로 받아주자 마치 서로 죽이기 위해 으르렁대며 싸우는 투견장을 방불케 했다. 늘 그렇듯 투견놀이가 끝나고 나면 까마득한 암흑 속으로 빨려 들어가 죽음 같은 잠을 잤다. 그리고 약속이라도 한 듯 거의 같은 시간에 깨어나 격렬한 투견놀음을 다시 시작했다. 매번 거의 같은 패턴이었다.

2

언제부턴가는 강우와의 관계가 사랑보다 섹스가 더 많은 비중을 차지하고 있는 것은 아닐까 하다가, 어쩌면 섹스뿐일지도 모른다는 비약으로 번져갔다.

강우가 자신을 만나는 것이 '나를 사랑해서인가? 나와의 섹스를 위해서인가?'를 생각하다가 '나는?' 하고 되묻곤 놀라 소름이 끼쳤다.

'나는 정말 욕정 덩어리인가? 색정광? 다른 사람들은 안 그런 가?'

도대체 알 수가 없다.

'늦게 배운 도둑질 같은 건가?'

'시간이 지나면 달라지는 건가?'

언제부턴가 다른 사람들을 은밀히 살펴보는 습관이 생겼다.

아무리 세심히 살펴보아도 그들의 표정엔 섹스의 흔적이나 갈 망의 기색은 전혀 보이지 않았다. 하물며 신혼부부에게서도 낌새 를 찾을 수 없었다. 오히려 천연덕스러워서 그 흔적이나 기색을 찾아보려는 은미 자신의 얼굴만 달아오를 뿐이었다..

'나는 저들과 왜 다르지? 나는 수시로 생각날 뿐만 아니라 그 생각만 해도 얼굴이 화끈거리는데… 어떻게 된 거지?'

결국 강우에게 물어보았다. 강우의 대답은 어이없을 정도로 명 료했다.

"흐! 흐! 흐! 이런! 바보! …너도 표 안 나!"

은미와 강우는 거의 매주 만났고, 만날 때마다 예외 없이 같은 모텔을 찾았다. 양평에서 만날 때와 서울에서 만날 때 각각 진즉 부터 단골 모텔이 생긴 셈이고, 이젠 처음 모텔을 들어갈 때 곤혹케 했던 민망함은 많이 무뎌져 거의 스스럼없이 드나들었다.

민망함이 아주 없지는 않았지만 잠시 후에 일어날 일들의 기대에 묻혀 아주 짧게 스치듯 지나칠 뿐이었다. 민망함은 들어갈 때뿐만 아니라 나올 때도 마찬가지였다.

부끄러운 짓을 하기 위해 들어가는 꼴이고, 부끄러운 짓을 하고 나오는 꼴이니, 당연히 민망하긴 했으나 제법 익숙해져 부담으로 느껴지진 않았다.

3

은미와 강우를 가장 곤란케 한 것은, 매월 한 번씩 모임에 참석하는 문제에 있었다. 둘이 같이 참석하여 시치미를 떼고 자연스럽게 대하기가 아무래도 자신이 없었다.

그렇다고 마냥 불참만 할 수 없어서, 논의 끝에 한 번씩 번갈아가며 참석을 해서 모면을 했는데, 몇 번을 그리하다 보니 그 자체가 몇 사람에게 의구심을 샀다.

그날도 순번에 의해 은미가 참석한 모임이었는데, 그 자리에서 기어코 불거지고 말았다.

"아니! 은미 씨는 강우 선배가 나오지 않을 때만 나오네. 묘하게 마치 서로 짠 것 같이⋯ 서로 원수진 거 있나? 있으면 만나서 풀어야지."

동욱의 지나치듯 던지는 가벼운 말에 은미는 아찔했다. 더구나 모두들 이구동성으로 맞장구를 치며 모든 시선이 자신에게 향하는 바람에 당황했으나 잠시 후, 들고 있던 술을 단숨에 들이켜고 술잔을 탁 내려놓으며 당당하게 외쳤다.

"진짜!⋯ 강우 선배는 왜 내가 안 나올 때만 나오는 거야? ⋯난 원수진 거 없는데⋯."

모두들 깔깔대며 웃으며 "그러게"를 외치는 통에 은미도 웃었지만 불안과 죄책감으로 빨리 자리를 벗어나고 싶었다.

"강우 선배 요즘 정신없을 거야. 출장도 많이 다니고, 이제 애도 둘이나 됐으니. 어? 애 백일도 얼마 안 남았을 걸. ⋯언제쯤이지?"

정모의 말에 이어서 지은이 톡 쏘듯 말했다.

"무슨 백일! 이제 겨우 한 달 좀 지났는데 벌써 무슨 백일 타령이야!"

"그런가?"

은미로서는 금시초문이었다. 매주 만나다시피 했지만, 두 번째 아이를 최근에 낳았다는 것은 처음 듣는 소리였다.

"강우 선배 둘째 낳았어? 처음 듣네. ⋯아들이야 딸이야? 첫째는 딸이라고 했지?

은미는 자신도 모르게 튀어나가는 질문 세례를 멈추지 못했다.

"어! 이번엔 아들, 제대로 구색을 맞춘 거지. 강우 선배는 재주도 좋아…은미 씨만 몰랐구나. 하긴 은미 씬 강우 선배 본지가 꽤 오래됐지? 서로 전화도 없으니."

정모의 말에 은미는 머릿속이 복잡해졌지만, 용케도 빠져나올 구실을 찾아냈다.

"진짜 재주가 좋네.… 아! 그리고 동욱 씨! 가을에 식 올린다고 하지 않았나? 언제야 혹시 나만 빼놓고 연락하는 거 아니지?"

지목을 받은 동욱은 멋쩍은 듯 웃더니, 속주머니에서 청첩장을 꺼내며 말했다.

"그러지 않아도 오늘 줄려고 청첩장 갖고 왔는데…23일이니까, 이제 한 20일 남았네. 그때 올 수 있겠어?"

"그럼 와야지. 카페 문 닫고라도 와야지…축하해. 신부는 뭐해? 직장 다녀?"

"중학교 선생이야,… 국어 선생."

"와! 공무원이네, 좋겠다. 다시 한번 축하해 동욱 씨.…아! 참! 문숙이하고 정모 씨는 잘 돼가고 있어? 아직 날 안 잡았어?"

곁에 있던 경미가 은미의 옆구리를 툭 치며 말했다.

"묻지 마라! 은미야! 쟤들 지금 냉전 중이란다.… 사랑싸움 같은데 지들은 심각하대.”

“그래? 재미있겠다. 호! 호! 호! 문숙아! 결혼 전에 확실히 잡아, 문숙이 화이팅!”

“그러지 마! 그러지 않아도 문숙 씨한테 정모 맨날 터지고 사는데.”

동욱이 말에 모두 큰소리로 웃었지만 정모와 문숙이는 웃지 않았다.

은미는 겨우 상황은 모면했지만, 머릿속에선 이런저런 생각들이 엉켜 덜그럭거렸다. 이들을 언제까지 속이며 지낼 수 있을까를 생각하니 절로 한숨이 나왔다. 답이 있을 수 없다. 답이 없으니 답답했고 그래서 술잔을 자주 비웠다. 그러한 은미를 그들은 술 실력이 좋은 여자로, 그리고 홀로 떨어져 있어 술 마실 기회가 없는 여자로 치부하고 자주 술을 따랐다. 은미 역시 술을 사양하지 않았다. 술을 마셔서라도 죄의식에서 벗어나고 싶었다.

자리가 끝났을 때는 제법 취기를 느끼면서도 서글픈 생각이 들었다.

“은미야! 자고 내일 아침에 가라! 너 좀 취한 것 같아, 고집부리지 말고, 기집애야!”

경미가 붙잡았으나 취한 중에도, 그랬다가는 꼬투리라도 잡힐 것 같아 한사코 사양했다.

"아냐! 괜찮아. 여기서 한 정거장 가서, 옥수역에서 한 번만 갈아타면 양평까지 가니까 걱정 마! 경미야, 엄마한테 안부 전해 줘. 야! 엄마 보고 싶다."

"야! 너 정말 괜찮겠어? …너 취했어. 자고 가라! 응!"

"괜찮다니까, 안 취했어요. 언니!…봐봐! 멀쩡하지?"

은미는 또박또박 걸음을 보여주었고, 경미는 못 미더워했다.

무사히 모두와 작별을 하고 한 정거장을 간 옥수역에서 갈아타고 응봉역에 도착했을 때, 휴대폰 진동이 울렸다. 강우였다. 의외 감과 반가움이 확 밀려왔다.

"아! 오빠. 나야…웬일?"

"끝났지?"

"응, 끝나고 지금 지하철 타고 가는 중이야."

"어! 그래?… 지금 어디쯤 가고 있어?"

"여기가…아! 여기가 응봉역이네"

"응봉역?…그럼 다음 역은 어디지?"

"다음 역? 왜?… 오빠."

은미의 가슴이 요동치기 시작했다. 이미 강우의 의도를 머릿속에서 정의했다.

"다음 역에서 내려,… 다음 역 1번 출구로 나와! 다음 역이 무슨 역이지? 내가 그리 갈게."

"그리 온다고?… 다음 역은 왕십리역이야, 1번 출구?"

"어! 왕십리역? 알았어, 1번 출구로 나와 있어. 지금 그리 출발할게."

"알았어, 오빠… 1번 출구."

은미는 자신이 술기운이 있음을 알고 있었기에 애써 또박또박 걸음을 옮겼고, 한 템포 쉬면서 1번 출구를 찾아 올라갔다.

1번 출구로 나와 시원한 바람을 맞으며 기다리고 있자 처음에는 술기운이 가시는 듯하더니 잠시 후에는 다시 슬며시 몽롱해졌다. 한 곳에 서 있기가 불편해 주변을 천천히 거닐며 기다렸다. 불과 20여 분 만에 강우가 차를 몰고 나타났다. 만난 시간은 10시 42분이다.

예정에 없었던 섹스는 매우 아니, 지나치게 뜨거웠다. 지나치게 뜨거워질 수밖에 없었던 것은 몇 가지 예상치 못했던 요소가 더해졌기 때문이었다.

그들이 찾아들어간 모텔은 그동안의 단골 모텔과는 판이하게 달랐다.

새로운 모텔방도 설레게 했지만 그보다 더 놀라운 것은 거의 노골적으로 섹스를 위한 방 구조에 있었다. 방 한가운데에 놀랍게도 둘이 들어앉기 딱 맞는 야릇한 욕조 시설이 있었고, 한쪽 구석엔 완전히 오픈된 샤워 시설이 갖춰져 있었다. 따라서 바닥은 아예 타일 바닥이었다. 더욱 놀라운 것은 침대가 보통의 사각 침대가 아닌 원형인 데다 새빨간 인조 가죽으로 되어 있었고, 빙글빙글 돌아가는 구조에 조명 또한 자극적으로 현란했다. 그리고 이 모든 것을 비쳐볼 수 있는 바퀴 달린 대형 거울이 있었다.

벽이나 칸막이가 전혀 없는 원룸으로 첫인상은 놀랍기보다 천박해 보였다. 그런데 그 천박해 보이는 것들이 강우와 은미를 미치게 만들었다. 그 천박해 보이는 모든 것들에 대한 호기심과 은근한 유혹, 그리고 은미의 술기운과 강우의 실험적인 도전이 제대로 어우러져 이제까지 도달해보지 못했던 극치의 정점에서 미쳐 날뛰게 만들었다.

처음엔 이색적이고 엉뚱한 구조에 잠시 아연했으나 어차피 섹스가 목적이었던 강우와 은미는 금방 호기심으로 달아올랐고, 곧바로 부끄러움이나 망설임은 팽개쳐 버렸다.

허겁지겁 서로의 입술을 유린하며 서로의 옷을 벗기며 섹스는 시작되었고, 그대로 알몸으로 엉킨 채 쏟아지는 물줄기 아래에서 손과 입술 그리고 온몸을 이용하여 서로를 마구 희롱하고 농락하여 상대가 더 들끓어 오르도록 집요한 애무를 했다.

얼마 후 끓어오를 대로 끓어오른 둘은 물기를 닦아내지도 않고 빨간 가죽 침대에 엉켜 뒹굴며 거울 속의 자신들의 용틀임을 곁눈질로 확인하며 짜릿함을 만끽했다.

강우는 모든 짓을 다 해보고 말겠다는 듯이 은미에게 끝없이 체위를 바꾸기를 요구했고, 은미는 기꺼이 응했다.

은미는 자신도 모르는 신음과 옹알이를 하다가 숨이 끊어지다 괴성을 지르며 몸을 떨어댔다. 은미의 괴성과 몸부림의 자극으로 더욱 힘을 얻은 강우는 절정을 넘기고도 죽지 아니하고 그대로 살아나 집요하게 달려들었다. 연타석 안타를 넘어 연타석 홈런을 치기 위해 용을 썼다. 이번엔 은미를 일으켜 욕조로 끌어들이더니 마구 물탕을 튀기며 난동질을 쳐서 은미를 죽음으로 몰아넣었다. 은미는 이미 눈이 풀리고 입이 벌어져 기진한 채 잠시 망설이다 무엇에 홀린 듯 말했다.

"오빠! 우리 오늘… 변태 같아."

"변태면 어때!… 좋잖아! 그치?"

흥분으로 고조된 강우는 소리쳐 답하며 더욱 맹렬히 달려들었다. 전에도 매번 오르가즘을 느꼈으나 이번은 너무나도 짜릿했고 지나치게 강렬했다.

괴성과 경련을 일으키며 몸을 떨다가 정신을 잃었다. 정신이 났을 때는 겁이 덜컥 났다.

'이러다 죽는 거 아냐?'

"그만! 그만!" 소리를 수없이 질러대면서도 거부하지 않았다.

강우와 은미는 방안의 시설들을 두루 섭렵한 뒤에야 빨간 침대 위에 널브러져 죽었다.

그리고 얼마 후엔 기어이 깨어나 샤워부터 다시 시작해서 순례하듯 시설들을 알뜰히 섭렵했고, 그 밤에 죽을힘을 다하여 그 일을 세 번이나 해냈다. 은미는 강력한 토네이도 속에서 번번이 까무러쳤고 강우는 쾌재를 불렀다.

"네가 술이 취했을 때가 좋더라."

은미는 대답할 힘조차 없었다.

은미가 너덜거리는 몸을 이끌고 집에 도착한 것은 새벽 4시가 넘어서였다. 겉옷만 벗은 채 침대에 쓰러져 죽음 같은 잠속으로 곯아떨어졌다.

머리맡에서 휴대폰 진동을 느꼈으나 움직일 수가 없었다. 잠시 후 진동은 멈췄으나 곧 다시 울렸다. 내버려 뒀다. 멈췄다. 또 울렸다. 내버려 뒀다. 더 이상 울리지 않았다.

얼마나 시간이 흘렀는지 알 수 없는 시간에 다시 진동이 울렸다. 내버려 뒀다. 멈췄다. 또 울렸다. 있는 힘을 다해 손을 뻗어 휴대폰을 잡았을 때 진동이 멈췄다.

화면을 열어 실눈으로 보았다. 받지 않은 전화가 14통이라고 표시돼 있다. 시간은 9시 28분, 겨우 통화기록을 누르니 경미에게서만 14통이었다.

'경미?…경미?'

어렵사리 겨우 일어나 앉았다. 잠시 생각을 하고 경미에게 전화를 걸었다.

"야! 아!… 어떻게 된 거야? 이 기집애야!"

경미가 다짜고짜 악을 써대며 소리를 지른다.

"뭐가?… 어떻게 돼?"

어리벙벙한 채 겨우 말했는데 하고 보니 쇳소리다.

"왜 전화를 안 받고 지랄이야! 야! 이 기집애야! … 왜 목소리는 그 모양인데?"

살기가 등등하다.

"목소리?… 지금 막 일어나서 그렇다, 왜 이 난리야? 이 기집애가!"

"너 어제저녁부터 왜 전화 안 받았어?"

"어제저녁? …술이 취해서 …차를 타니까, 술이 오르고…휴대폰은 가방에 있어서 울리는 걸 몰랐지. 지금 막 일어나 확인하니까 너한테서 14통이나 와 있어서 깜짝 놀라서 전화했지.…야! 그런데 무슨 일이 있니?"

거짓말을 꾸미지도 않았는데 술술 잘도 나왔다.

"있긴 뭐가 있냐? 아! 이 기집애야! 네가 술이 취했는데…집에 잘 가고 있나? 잘 도착했나? 궁금해서 전화했더니 도대체 전화를 받아야지, 아이고 참… 별별 상상을 다 했다, 이 기집애야."

은미는 안도했다.

"아이고! 미안하다,…나를 생각해주는 사람은 너밖에 없구나."

"그러니까 자고 가랬잖아? 술을 조금씩 마시던지."

"알았어…나 카페 영업 준비해야 돼. 미안해 언니, 다음엔 전화 잘 받고 신고 잘할게."

"얼씨구 이럴 때는 언니냐? 너 땜에 못살아 으이구!…"

전화를 끊고 겨우 몸을 일으켜 아래층으로 내려갔다. 몸은 피곤해도 어젯밤 일들을 생각하면 온몸이 짜릿해지며 순간순간들이 오버랩 되어 허청거리게 했다.

그런 중에도 마음 한편엔 찔림이 있었다.

'아!…그와 언젠가는 헤어져야 한다…아! …불륜!…그래! 불륜!'

그가 유부남만 아니라면 얼마나 좋을까? 하고 생각을 좇아가다 보니 그 옛날의 둑길에서의 첫 키스를 온전히 받아들이지 못했던 자신이 원망스러워 죽고 싶은 심정이 되었다.

그때 기쁘게 받아들였다면 지금 이 괴로움은 없었을 텐데 생각하니 너무나 안타까웠다.

　이성이 현실을 들춰낼 때마다 더 큰 유혹이 덮어씌워 이성을 외면했으나 그 께름칙함은 기어이 고개를 쳐들었다. 이성이 꿈틀거릴 때마다 강우로 향하는 갈망도 더불어 커져갔다.

4

　강우와 만나 모텔에서 한 번의 파도가 휘몰아친 후, 강우의 팔을 벤 채 가슴을 파고들며 작은 목소리로 물었다. 처음이다.

　"오빠!…우린 앞으로 어떻게 되는 거지?"

　"…흐…흠…글쎄…"

　강우는 크게 숨을 몰아쉬었다. 그리곤 말없이 은미를 당겨 안고 등을 부드럽게 쓸었다.

　강우가 곤혹스러워하는 것을 알았으나 내친김에 또 물었다.

　"오빠! …둘째 낳았다며? 아들이라며? …든든하겠다."

　"…으응."

　강우는 은미와 눈을 맞추며 고개를 작게 주억거리곤 희미하게 미소를 만들었다.

　은미는 더는 묻지 않았다. 강우를 더는 곤혹케 해서는 안 된다고 생각했다.

강우도 자신 못지않게 괴로워하고 있음을 알았다. 그리고 강우라고해서 뾰족한 수가 있을 수 없다는 것을 은미 자신이 이미 뼈저리게 느끼고 있었기 때문이었다.

"미안해, 오빠…흐윽 흑"

어쩔 수 없이 울음이 삐져나왔다. 울면 안 되는 줄 알면서도 격해지는 자신을 다독이느라 기침을 해댔다. 차츰 숨쉬기가 편해지며 안정되었다.

"미안해, 오빠…"

이번엔 울지 않았다.

강우는 그저 멍한 표정을 지으며 벽 쪽에 눈길을 둔 채 한참 후 겨우 한마디 했다.

" …한숨 자."

그렇게 했다. 강우의 팔베개를 한 채 몸을 뒤돌아 옆으로 하고 잠을 청했다. 돌아눕자 다시 격해지며 눈물이 흘렀다. 손으로 훔쳐 이불에 문질렀다.

강우가 팔에 힘을 주어 당겨 안으며 깊은 목소리로 처연히 말했다.

"울지 마! …한숨 푹 자."

별수 없음을 고백한 것으로 이해했다. 예상했던 대로다. 확인이 끝난 것이다.

서서히 나른함이 밀려와 잠속으로 빠져들어 갔다. 그리고 잠에서 나왔을 때는 모든 것을 잊은 듯 두 번째 파도를 위해 강우를 파고들었다.

동욱이 결혼을 일주일 앞둔 토요일 오후, 둘은 심사숙고에 들어갔다. 동욱이 결혼식과 그다음 강우의 둘째 애기 백일잔치 때, 부득이하게 다른 모든 사람과 함께 만나야 되는데, '어떻게 할 것인가?' 가 심사숙고의 주제였다.

그나마 동욱이 결혼 때는 그냥 모처럼 선후배가 만나는 연기를 잘만 하면 된다고 치더라도, 강우의 애기 백일잔치엔 도무지 엄두가 나지 않는 일이어서 난감하기 그지없었다.

"오빠! 어떻게 하지?…동욱 씨 결혼식에는 어수선하니까 그냥 참석해서 얼렁뚱땅 때우고 나서 카페 핑계 대고 일찍 나오면 될 것 같은데, 애기 백일 때는…무슨 핑곗거리를 만들어야 되는데…."

"글쎄…그냥 카페 핑계 대고 오지 마. 그게 낫겠지?… 그렇게 해! 너도 곤란하겠지만 나도 마찬가지지."

강우가 기다렸다는 듯이 동의하고 나섰다.

"다들 뭐라 그러겠지. 공휴일엔 규환이가 오는 걸 다들 아는데,

그리고 솔직히 오빠 애기들도 보고 싶다. 언…언니도 궁금해. 언니라니까 이상하네. 애기들 오빠 닮았어?"

은미는 자신의 마음에 궁금함은 있었지만, 굳이 말을 하고 싶지는 않았었는데 무심코 말을 뱉으며 제풀에 당혹스러웠다.

'어?…생각이 없는데 말은 나가네.'

강우도 언니라는 호칭에 당혹스러웠는지, 복잡한 표정을 지으며 억지웃음을 지었다.

"언니지,…그래…아무래도 오지 않는 게 낫겠다. 그렇지? 그게 낫겠지?"

"그러게, 그래야 되겠지. 그나저나 동욱 씨 결혼식에서도 오빠를 어떻게 대할지…오빠는 나를 어떻게 대할 건데?"

"글쎄…최대한 자연스럽게 대해야겠지. 오랜만에 만나는 거지만 너무 호들갑 떨면 안 되지. 아! 몰라! 그냥 맞닥뜨리면 어떻게 되겠지."

5

하루하루 시간이 갈수록 공포의 도는 더해갔다.

모두의 앞에서 모처럼 만나는 선배에게 어떻게 다가가고 어떤 말로 첫인사를 하고 그다음은 어떻게 해야 할지, 얼굴이 빨개지진 않을지, 목소리는 떨려 나오진 않을지….

첫인사야 "오랜만이예요" 하면 되지만 그다음이 문제였다.

그런데 결혼식 하루 전날 강우에게서 걸려온 전화는 은미를 아예 늪 속으로 밀어버린 꼴이 되었다.

"이은미! 곤란한 일이 생겼다. 집사람이 내일 동욱이 결혼식에 참석하겠다는 거야. 슬쩍 말려 보았는데, 한사코 가겠다는 거야. 아이들 데리고 막무가내로. 그냥 나 혼자 가겠다고 우기는 것이 더 이상할 것 같아서…그냥 자연스럽게 대해! 나도 그럴 테니까. 다른 방법이 없어, 이은미 파이팅!"

"어머! 정말? 어떻게 해?…어떻게…어떡하지?"

은미는 암담했다. 내일 일을 얼마나 많이 시뮬레이션해 봤던가? 담대하게 마음을 먹는다고 해도 자신이 없었는데, 이젠 정말 절망이다. 막막하고 두려웠다.

'이 판국에 파이팅이라니!'

'무슨 핑곗거리가 없을까?' '어떻게 하든 참석을 피해야 된다. 참석했다가 꼬투리를 잡히거나 끔찍한 곤란에 빠져 허우적거리느니 피하는 것이 상책이다.' 라고 결론은 냈으나, 핑곗거리는 찾질 못했다. 뾰족한 대책을 찾지 못한 채, 하루가 다 지나고 밤이 되었다.

밤잠을 이룰 수가 없었다. 별별 안 좋은 상상을 하다 잠이 들어 악몽에 시달렸다.

늦은 아침, 몸이 무겁다. 이불 속인데도 몸이 떨려온다. 이불을 바짝 당기다가 이불이 축축한 것을 안 것과 동시에 머릿속에서 전깃불이 확 켜졌다.

'아! 몸살이다! 진짜 몸살! …가지 않아도 된다! 살았다.'

이불을 박차고 일어났다. 소리를 질러봤다.

"아악! 어. 아. 악, 으 억?"

목소리가 나오지 않았다. 몸이 떨렸다. 이빨이 덜덜 부딪쳤다.

분명 안 좋은 현상이지만, 은미는 핑곗거리를 찾은 기쁨에 다음 행보를 그리기에 머릿속이 분주해졌다.

아직 너무 이르다. 기다리는 시간은 느리다. 그래도 기다리는 시간은 오기 마련이다.

9시를 막 넘어가는 시간에 경미에게 전화를 걸었다. 심호흡을 하면서 기다렸다.

오늘따라 경미가 전화를 받지 않는다. 끊고 다시 걸어야 하나? 하고 망설일 때 받는다.

"어? 이은미! 왜? …이따 만날 텐데 웬일?"

이제 목소리를 내보내야 한다.

"어!…억 경미야, 큰일…목이 …어 윽"

"어? 야! 목소리가 왜 그래?…감기가 왔니? 목감기?"

성공이다. 경미의 호들갑스러운 하이톤에 성공을 자신했다.

"경미 야하!… 아우! 엊저녁부터, 으윽! 으슬으슬하더니, 아침에,…오늘…가야 되는데…."

목소리를 군이 꾸미지 않아도 쉿소리에 바람 빠지는 소리에 갈라지는 소리까지 제대로 곁들여 나왔다.

"야야! 지금 결혼식 참석이 문제니? 그건 내가 말 잘해줄 테니까, 병원에나 가봐. 야! 그러나저러나 너 혼자 병원은 갈 수 있니? …오늘 토요일이라 병원 오전만 할 걸, 빨리 가야 되는데."

"아! 윽! 이거 참! 미치겠네.…큼! 큼! 경미야 하! 윽! 동욱 씨한테 말 잘해줘. 그리고 내 대신 축의금도 내주고…."

"알았으니까, 걱정 말고 병원이나 가봐. 갔다 와서 푹 자,…오늘 아르바이트생 오지?"

"으응,…부탁해 큼! 흠!"

마지막까지 목소리는 잘도 삐쳐 나왔다.

온몸이 몸살로 괴로웠지만 천만다행이라고 마음 놓고 쾌재를 불렀다.

'휴… 살았다. 아자! 아자!'

규환이에게 카페를 맡기고 병원엘 다녀왔다. 주사를 맞고, 약을 처방받아와 먹고 그대로 잠속으로 빠져들어 갔다. 경미의 지시대로 충실히 이행한 셈이다. 일단 잠속으로 빠져들자 며칠 동안 잠을 이루지 못했던 분량을 채우기라도 하듯이 끼니도 거르고 잤다.

6

"아이고! 애가 지금 잠에 취했구나,…애! 은미야! 눈 떠봐! 은미야! 약에 취했나? 은미야, 눈떠봐! 아이고! 이 땀 좀 봐!…내 이럴 줄 알았어, 은미야!"

은미는 비몽사몽간에 들리는 목소리에 겨우 정신이 돌아오며 눈을 떴다. 이어서 목소리의 주인공을 알아차렸다. 경미는 머리맡에 있던 수건으로 은미의 얼굴을 닦아주고 은미의 목 뒤로 팔을 넣어 일으키며 말했다.

"은미야! 정신 차려! 아이고! 땀투성이네…내 이럴 거 같더라."

은미는 잠시 멍했으나 곧이어 가슴 깊은 곳으로부터 뭉클 치밀어 오르는 감정을 추스르기가 어려웠다.

"어? 경,… 경미야아!"

와락 울음이 터지며 경미에게 안겼다. 경미 품에 안겨 울다 두 팔을 뻗어 경미의 목을 안고 갈라진 목소리를 내며 울었다. 서럽고, 고맙고, 미안하고 그리고 죄책감이 뒤섞여 은미를 울게 했다.

"왜 울어?"

경미는 잠시 당황했으나 곧 감정이입이 되어 같이 울며 은미의 등을 다독거렸다.

잠시 후 먼저 울음을 그친 경미가 밝게 웃으며 말했다.

"야! 그만 울어. …이렇게 안고 있으니까 네가 내 새끼 같다. 호호! 야! 엄마 같지 않냐?"

은미는 이제 쑥스러움이 돋아나와 머리를 매만지며 일어나 앉으며 말했다.

"엄마는 아니고…언니 같다. 그런데 어떻게 여길 왔니? 아! 악! 흠! 지금 몇 시나 됐어?"

"6시가 넘었어. 아침부터 계속 잔 거지?…아르바이트생도 퇴근했어. 옷 갈아입어, 다 젖었어. 뭘 좀 먹어야지. 내가…죽을 좀 쑬까? 그래야겠다. 오늘 진짜 언니 노릇 하게 생겼네."

경미는 언니 노릇을 톡톡히 했다. 있던 밥에다 몇 가지 야채를 넣어 야채 죽을 쑤고, 축축한 침대보를 바꾸고, 집안 정리를 하고, 먹고 난 설거지까지 마친 뒤 물기를 닦으며 말했다.

"네 옆에도 누가 있어야 되는데…."

"너도 없잖아!"

"난 엄마가 있잖아.…동욱 씨 장가가는 거 보니까, 나도 가고 싶더라. …그때 그놈한테 그냥 시집갈 걸 그랬나 봐. 짜식! 조금만 더 땡겼으면 넘어가 줄려고 했는데…. 은미야, 넌 여기서 남자 만나기 정말 어렵겠다. 손님 중엔 젊은 놈 없냐?"

"있기야 있지,… 오늘 다 왔지? 나만 빼고."

"그럼,…다 왔지. 아! 뉴스 있다. 동욱 씨 곧 아빠 될 것 같던데. 신부가 배가 약간 나왔더라고. 동욱이 고 얌생이, 그런 재주가 있었어. 신부가 예쁘더라고, 몸매도 배가 살짝 나와서 그렇지 아주 괜찮아. 아! 아! 그리고 강우 선배 부부랑 애기들도 다 같이 왔는데, 아이고! 애기들이 어찌 그리 이쁘냐! 둘째는 아들인데 강우 선배 닮은 거 같고 큰애는 엄마하고 아빠를 반반씩 닮은 것 같더라고. 요게 처음에는 새침해 갖고 쌀쌀맞더니 나중엔 착착 안기고, 지가 먼저 와서 애교를 떠는데, 강우 선배 녹겠더라. 그리고 애 엄마는 애기 낳은 지 이제 두 달 좀 넘었는데, 부기 하나 없이 살이 쪽 빠져 날씬하더라고. 강우 선배는 그냥 싱글벙글하고, 딸내미는 엄마보다 아빠를 더 좋아하는지 대롱대롱 매달리고, 좋아 보였어…. 으응! 좋아 보였어."

은미는 경미의 한마디 한마디가 가슴을 찔렀지만, 태연히 고개를 끄덕이며 들었다. 더 이상 듣는 것이 두려웠다. 화제를 바꾸고 싶었다.

"그런데 넌 어떻게 여기까지 왔냐? …나 죽었을 것 같아서 왔니?"

"죽었을 것 같아서가 아니라 죽을까 봐 왔다…아침에 목소리를 들으니 죽을 것 같더라. 문숙이한테 같이 가자고 했더니 일이 있단다. 정모하고의 일이겠지. 뭐, 혼자 오는 것도 음악 들으면서 오니까 좋던데. 나 오늘 여기서 자고 내일 올라간다. 내일 일요일이니까, 늦잠 좀 자고 …진짜 오랜만에 같이 잔다. 그치?"

"그래! 흐흠! 목소리는 이래도…너하고 있으니 너무 좋다. 난 많이 잤으니까 수다 떨면서 놀고 싶은데 목이 이렇고, 흐흠! 너는 자야 되고, 참 어렵다 그치?"

"아냐! 내일 아침 늦게 일어나면 되지. 아직 9시도 안 됐는데 벌써 자냐? 나 집에서는 12시 넘어야 자. 모처럼 둘이 만났는데 그냥 자다니 말이 되니?"

그때 은미의 휴대폰이 요동을 쳤다. 은미는 순간 아찔했다. 강우의 전화가 틀림없다.

'아! 어떻게 하지?'

일단 손이 나가 휴대폰을 잡았다. 바로 옆에 경미가 있다. 전화를 받는 것도, 들고 장소를 옮기는 것도 위험하다. 받지 않으면 더 의심을 살 것이다

폰을 열었다. K, W, 역시 강우다. 휴대폰을 왼손으로 잡고 오른손으로 가리고 통화 버튼을 눌렀다.

"나야."

강우의 목소리와 거의 동시에 은미는 쇳소리로 쉼표 없이 쭉 이어 말했다.

"박 샘! 나 지금 감기몸살로 흐흠! 목소리가 안 나오니까 내일이나 흐흠! 모래 전화할게요. 친구가 와서 도와주고 있어요. 흐흠! 끊어요.… 예, 끊어요, 흐흠"

은미는 통화를 하면서 경미를 보았다. 경미는 의아한 표정이 역력했다. 그러나 방법이 없었다. 아니나 다를까 경미의 취조가 시작되었다.

"야! 경미야! 박 샘? 남자? 너 남자 있었어? …그런데 내가 있어서 전화 끊어버린 거지?"

"아이! 그게 아냐, 남자는 무슨. 아냐, 그냥 그렇고 그런 사람이야."

"그렇고 그런 사람이라니? 그게 뭔데? …내가 알면 아! 미안, 간섭하려는 게 아니고."

"아이 글쎄 아니라니까."

"야! 이 시간에 전화를 걸 정도면…야! 그러고 보니 나만 외톨이구나."

"아냐! 아니라니까.… 남자 손님인데 나이가 많은 유부남이야. 좀 치근거려. 손님이라 뭐라 하기도 그렇고, 신경 쓰지 마!…내가 진짜 남자 생기면 너한테 제일 먼저 말하지, 바보야! 너도 남친 생기면 나한테 먼저 말할 거잖아?"

"아니! 난 말 안 할 거야, 사실 나 지금 남친 있어. 진짜!… 아직은 비밀이야, 호호호! 웃긴다. 좌우지간 너 수상해, 설마 그 유부남과 그렇고 그런 거야? …스릴 있겠는데, …유부남한테 빠지면 정신 못 차린다는데, 너! 설마 흐흐흐 결혼 전에 유부남과 찐한 러브? 그런 거니? … 아이고! 부럽다. 야! 빠지더라도 너무 깊이 빠지면 안 돼. 그리고 멀쩡한 가정 파탄 내면 죄 받아, 으이구! 이래저래 걱정이다, 걱정."

"어우!…야아!"

은미는 손사래를 치며 소리를 질렀으나, 이성의 벽에 와 닿는 충격에 비틀 거렸다. 상황과 상대에 따라 자신을 바꿀 수 있는 능력이 은미의 한계를 뛰어넘었다.

'유부남에게 빠지면 정신 못 차린다? …멀쩡한 가정 파탄…?'

아팠다. 아파도 너무 아팠다. 이불이라도 뒤집어쓰고, 숨어 버리고 싶다. 아니, 이 순간 흔적 없이 사라지고 싶었다.

약봉지를 찾아 약을 입에 머금어 경미가 건네주는 물로 넘기고, 이불을 당기며 말했다.

"경미야, 자자. 몸살감기엔 약 먹고 자는 게 제일 좋은 거라더라. 흐흠! 하루 종일 잤는데 또 졸리네, 흐흠! 너 내 쪽 보고자면 감기 옮아. 내 뒤쪽에서 나 좀 끌어안고 자라. 엄마같이, 흐흠! 아니 참 언니랬지? 흐흠 아까 네가 나 안아서 일으킬 때 나 정말 감동 먹었었다. 흐흠! 여기까지 와서…진짜 언니 같았어."

"으이구! 그랬쪄? 언니는 언니지, 그럼 석 달씩이나 빠른데."

경미는 은미의 구애대로 언니같이 그렇게 해줬다. 경미가 오늘따라 경미답지 않게 더 이상 캐묻지 않아서 고마웠고, 경미를 속일 수밖에 없는 처지가 안타까웠다.

경미의 품이 너무 안온해서 행복하고 미안함에 눈물을 흘리다 잠이 들었다.

이튿날 은미는 일찍 일어나 경미에게 따뜻한 아침상을 차려 주었다. 목소리는 아직 돌아오지 않았지만, 몸은 한결 가벼워졌다.

경미는 무슨 생각을 하는지 떠나기 전까지 별 말 없이 지내다가 집을 나서기 전에 은미를 똑바로 보며 말했다.

"은미야! 잘 들어! 나는 네 친구야. 앞으로 어떤 경우라도 나는 네 편을 들어줄 거야! 내 느낌엔, 너한테 지금 무슨 일이 있어. 나한테도 말하기 곤란한 무언가가 있어. 더 이상 캐묻진 않을게. 고개 젖지 마! 묻지 않는다니까.…언제라도 내가 필요하면 말해, 난

네 편이야. 힘내. 몸살감기도 이기고,… 나 간다. 혼자 끙끙 앓지 말고, 날 불러! 알았지, 안녕."

은미는 아무 말도 못했다.

경미는 갔다. 경미가 주차장으로 내려갈 때부터 또 울컥했다. 고맙고 미안해서 울었다. 경미에게조차 거짓말을 해야 하는 현실에 화가 났고, 죄책감에 자신이 싫었다.

거울 속의 멀뚱한 자신의 얼굴을 무심코 보다가 가증스러워 눈길을 돌렸다.

어느새 머릿속은 경미의 내레이션을 따라 강우 부부와 두 아기의 모습을 그리고 있었다.

날씬한 아내, 강우 닮은 아들, 재롱떨며 대롱대롱 매달리는 딸내미, 싱글벙글하는 강우 — 어제저녁부터 이어져 온 영상, 온전한 그림으로 완성되지는 않았지만 오랫동안 머릿속에서 연속적으로 그려지다 사라지다 했다.

'가정 파탄?… 어떻게 헤어지지?…어떻게… 견딜 수 있을까?'

절로 한숨이 나왔다. 헤어질 수밖에 없다는 것을 알고 있다. 애써 모른 척했을 뿐, 늘 불안했었다. 그러나 강우의 입술, 강우의 품, 손길 그리고 강우의 몸과 함께 만들어내는 섹스의 마력은 헤어짐을 초월하는 치명적인 천국이다. 때때로 '죽어도 좋아'라는 극한적인 상황을 만들어 내기도 했다.

이젠 경미의 등장으로 인해 결정적인 생각을 해야 하는 처지가 되었다. 이성을 억지로라도 끌어내어 생각이라는 것을 해야 했다. 답은 뻔했다.

'헤어져야 한다. 언제? 어떻게?…지금 당장은 아냐! 그럼?… 몰라! 몰라!…'

진전은 없었지만, 생각은 강우의 전화가 올 때까지 온종일 반복됐다.

"어제 누가 왔었어?"

아프다는 애인의 안부보다 더 궁금한 것은 그거였다.

"경미… 내가 몸살감기로 아프다니까,… 아침에 경미한테 전화할 때 내 목소리가 거의 안 나올 정도로 심했거든, 어제 오빠 전화 받을 때 바로 옆에 있었어. 걔 눈치 구단이야."

"아! 경미!…나도 박 샘! 하길래 뭔 일 있구나 했지. 경미인 줄은 몰랐네, 경미가 거기까지… 참 좋은 친구네. 몸은 좀 괜찮아?"

"응, 쫌, 오빠! 지금 어디야?"

"양평 가고 있어. 그런데 너 아파서 안 되겠구나, 그렇지? 난 식장에서 경미가 너 아파서 못 온다고 하기에, 아하! 꾀병이구나 했지.…목소리 들어보니 아직 덜 나았네. 나 어디 적당한 데서 유턴해서 올라가고, 너 몸살감기 나으면 다시 올게."

"오빠! 지금 어디쯤인데?"

"여기?…국수리 막 지나고 있어. 요 위에서 차 돌려서 갈게. 몸조리 잘해."

"오빠! 그냥 와, 나 괜찮아…나도 준비하고 빨리 갈게."

"몸살감기라며 어떻게 와? 다음에 만나."

"괜찮다니까! 그냥 와! 나도 곧 갈게, 전화 끊는다."

"정말 오려고?"

"응, 기다려, 갈게."

은미는 무작정 만나야겠다고 생각했다. 특별히 보고 싶거나 몸이 달아오른 것도 아니고, 그렇다고 꼭 해야 할 말이 있는 것도 아니지만 만나야 될 것 같았다.

강우는 여느 때나 별반 다르지 않은 미소로 은미를 맞았다.

"몸살감기라더니 별로 아픈 것 같지 않네.…아! 눈이 약간 쌍꺼풀이 좀 더 뚜렷해졌나? 더 예쁘네."

"계속 잤더니 많이 좋아졌어. 오빠는 내가 식장에 가는 게 겁나서 꾀병 부리는 줄 알았지? 흐흐흐!…그게 사실 그랬는데, 아침에 일어났더니 진짜로 몸살감기가 제대로 온 거야. 목소리가 나오질 않는데도 살았구나, 하는 생각이 들더라고. 경미한테 전활 거는데, 미안하면서도…경미까지 속여야 하니까. 그런데 내 목소리 듣고 놀래가지고 저녁때 여기까지 찾아오고, 걔 내방에서 자고 갔어요. 걔가 약 기운 때문에 잠에 취한 나를 흔들어 깨워 안고, 땀을 닦아주고 그러는 바람에 나 감동 먹어서 울었어.…오빠는 그 시간에 뭐 했어? 애인이 쓰러져 있는데."

"그랬구나, 나도 전화했잖니. …걱정돼서가 아니라 궁금해서 했지만, 그런데 경미 눈치챈 거 아니니?"

"눈치챈 거 같아. 오빠인 줄은 모르지만, 나더러 멀쩡한 가정 파탄 내면 죄 받는대. 그 말 하는데 아이! 찔리더라고…. 오빠! 우리 어떻게 하지?"

강우의 표정이 굳어졌다.

"…글쎄."

표정 없는 강우를 바라보던 은미도 서서히 굳어졌다.

더 이상 붙일 말이 없었다. 얼마 후 둘은 말없이 그곳을 나와 정해진 습관처럼 모텔로 향했다. 그날의 섹스는 어렴풋이나마 헤어져야 한다는 숙명 같은 것을 예감해서인지, 애틋하게 시작해서 점점 집요하고 끈질기게 이어갔고, 파도가 지난 후에도 오랫동안 얽힌 몸을 풀지 않았다. 그리고 10시를 넘긴 시간, 헤어지며 강우가 어렵사리 겨우 한마디 했다.

"너무 걱정하지 말고 쉬어. 몸조리나 잘해. 전화할게."

"응! 오빠, 잘 가! 운전 조심해."

강우의 걱정 말라는 말의 의미는 정확히 알 수 없었지만, 고개를 끄덕이며 대답했다. 은미는 강우의 심경도 꽤나 어지럽고 답답할 거라고 여겨져 안쓰럽기까지 했다.

강우 둘째 아이 백일 때도 참석하지 않았다. 아르바이트생인 규환이가 시험 때라 오지 못하고, 주말에 카페를 비울 수가 없어 부득이 참석할 수 없다고 핑계를 댔는데 영 개운치가 않았다. 경미네들이 어떻게 이해했는지는 모르지만 여하튼 은미로서는 큰 산을 넘은 셈이었다. 넘기긴 했지만 저들의 수군거리며 비난하는 소리가 들리는 것 같아 편치 않았다.

더구나 하루 전날 경미에게 전화로 사연을 전했을 때 경미의 짧은 대답이 마음에 걸렸다.

"알았어!"

경미에게선 저녁에도 전화가 없었다. 은미도 못했다.

7

가을을 지나 하얀 겨울도 다 지나가고, 남풍이 불어오도록 은밀한 만남은 계속되었고 따라서 절정의 쾌락과 공포의 늪이 공존

하는 나날이 반복됐다.

이젠 월 모임에도 같이 참석했다. 처음 같이 참석을 했을 때 은미와 강우는 공포 속에 준비된 연기를 했고, 다행히 모두들 별 의심 없이 상황을 받아들였다.

처음이 어려웠지 다음엔 좀 더 쉬워졌고, 그다음엔 더 쉬워져서 그들 속에 끼어서 스스럼없이 농을 주고받았다. 예민한 경미조차도 둘의 연기를 눈치채지 못한 것 같았다.

그만큼 그 둘의 관계는 누구도 낌새를 의심할 여지가 없는 모처럼 만난 선후배 관계, 그 이상도 그 이하도 아닌 그냥 평범한 관계로 보였던 것이다.

매월 모임에 참석했다가 끝나고 헤어진 후엔 강우와 은미는 왕십리역 1번 출구에서 다시 만나, 예의 그 모텔에서 술기운과 더불어 숨 막히는 섹스의 향연을 벌였다.

많은 섹스 중에서도 유난했던 그때의 기억을 재현하기 위해서 그때의 그 방법으로 만났고, 기대감 때문인지 그곳에서의 섹스는 번번이 정신을 잃을 정도로 강렬했다.

월 모임이 있는 날엔 모임에 대한 기대감보다 섹스에 대한 기대감으로 몸이 떨려왔다.

섹스 중간엔 조금 전 모임에서 있었던 자신들의 완벽한 연기를 재연하며 깔깔대기도 했다. 그때만큼은 마음 한편에 도사리고 있는 불안과 죄책감을 잊을 수 있었다.

누구도 상상하지 못한 그들 사이를 언제까지 유지할 수 있을지 걱정도 되고 죄책감도 느꼈지만, 그보다는 은밀한 만남에 안주하며 죄의식은 애써 외면했다.

강우에게 구차한 얘기를 하면 더 곤혹스러워한다는 것을 알았기에 가급적 그런 얘기는 피했다. 생각하는 시간이 많아졌고, 점점 자신의 처지가 비참해질 수밖에 없다는 결론에 맞닥뜨렸으나 그 뻔한 결론 앞에서도 만남을 거부하지 못했다.

거부는커녕 강우에게서 연락이 예상했던 때를 넘기면 온갖 불길한 상상을 하며 안절부절못했다. 그리고 그런 자신을 자책하며 괴로워했다.

경미네들에게 들통이 나서 질책과 비아냥을 당하는 장면은 하루도 빠지지 않는 단골 머릿속 그림이었다. 시간이 갈수록 불안감은 커져갔고 생각은 깊어졌다.

8

아침나절에 변함없이 찾아주는 박 선생과 송 선생에게도 자신의 행실이 드러날까 봐 각별히 조심한다고 했지만, 정확히는 모르지만 조금은 알고 있는 것 같아 대하기가 민망했다. 점잖은 분들이고 지적인 분들이라, 짐짓 모른 체할 뿐이라고 짐작되었다.

얼마 전 박 선생의 아들 결혼식에 참석했을 때, 송 선생의 몇 마디가 머릿속에서 계속 맴돌았다. 올해 32세가 되었다는 박 선생 아들은 학원 영어 강사로 여자들에게 상당한 인기가 있었음에도 결혼할 생각이 없는 것처럼 말해왔었는데, 어느 지인으로부터 오늘의 신부를 소개 받곤 바로 홀딱 반해서 겨우 3개월 반 만에 결혼식을 하게 됐다는 사연을 설명한 뒤에 붙인 한마디였다.

"은미 씨! 저 친구들을 봐도 인연은 따로 있는 겁니다. 그렇게, 그렇게 박 선생 속을 썩이더니 불과 몇 달 만에 아하! 참! … 신부가 예쁘대요. 박 선생도 아들이 너무 서두르는 것 같아서 좀 늦추자고 했는데, 막상 신붓감을 보고선 아들이 왜 서두르는지 알겠더래요. 미적대다가 놓칠까 봐 서두르는 거를 안 거지요. 신부쪽도 이쪽을 잘 봤는지 적극 동의해서 이뤄졌답니다. 은미 씨도 진짜 인연은 어딘가에 따로 있을 겁니다."

'인연이 따로 있을 거'란 말의 뜻은, 그가 의도적으로 했는지 아니면 무심코 했는지 모르지만, 은미는 마치 '강우는 인연이 아니다' 로 들렸다.

"아! 그래요? 신부가 얼마나 예쁘기에…신부 대기실에 한번 갔다 올게요."

은미는 송 선생의 말은 슬쩍 넘겨버리고 신부 대기실로 갔다. 들은 대로였다.

흰 드레스에 신부화장을 한 신부가 표정 없이 앉아있는데, 눈을 비롯한 이목구비가 확실해서 굳이 신부화장을 하지 않았더라도 뛰어난 미인임에 틀림없었다.

"아유! 정말 예뻐요. 앉아 있어서 몸매는 자세히 볼 순 없었지만 몸매도 괜찮은 것 같고, 화장을 지우더라도…박 선생님 예쁜 며느리 얻어서 좋으시겠어요."

"진짜였구먼, 하긴 신랑도 잘나가는 영어 강사니까 돈도 많이 버는 것 같더라고요.…박 선생 신났네. 은미 씨도 제대로 된 신랑감을 만나야 되는데…."

"호호호! 제대로 된 신랑감이 어떤 신랑감인데요?"

'제대로 된 신랑감' 이라는 말도 '강우는 아니다' 로 들렸다.

"건강하고, 돈 잘 벌고, 은미 씨만 사랑하고 한눈 안 팔고 성실한 사람, 자랑 같지만 우리 애들같이… 이놈들은 그래서인지는 모르지만 속 안 썩이고 제때, 제때 장가가더라고요."

"아, 맞아! 두 아드님 다 장가갔다면서요? 그러면 며느님이 둘이라 더 좋으시겠어요."

"좋긴 뭐! 저희끼리나 좋지, 시아버지 시어머니는 뒷전이지요. 즈 새끼들만 그냥 끔찍하게 위하지…아! 내가 손주 놈들이 얼마나 보고 싶겠어요? 어쩌다 한 번씩 오면 집안을 잔뜩 어질러 놓으니까 정신없기는 해도 진짜 사람 사는 것 같지,…마누라는 싫대요. 일만 늘어나니까 싫대요."

"예에… 아드님들이 멀리 살아요?"

"그렇게 멀진 않지만 큰애는 안양, 작은애는 서울 도봉구에 사는데, 차로 가면 별것 아닌데 안 가게 되더라고요. 집들이할 때 한 번씩 가보고 그 이후로는 한 번도 안 갔어요."

결혼식이 시작되어 신랑이 입장하는데 신랑도 인물이 만만치 않았다. 키도 크고 잘 생겼다.

친구들이 많이 왔는지 요란한 환호와 휘파람이 난무했다. 이어서 신부가 입장하는데 신부의 미모에 놀란 눈치들이다. 환호는 적었고 사방에서 웅성거렸다.

신랑은 오늘의 결혼이 흡족한 듯 만면에 미소가 가득한데 신부는 수줍은지 담담한 표정이다. 참 잘 어울린다고 생각했다. 신랑 신부는 빼어났지만 예식 자체는 주례사도 짧았고 축가도 한 곡뿐으로 대체적으로 싱겁게 끝났다.

"요즘 결혼식 참 싱거워…주례사도 참! 은미 씨! 이제 서른이잖아요. 더 나이 들기 전에 정신 차리고 좋은 사람 만나요. 저 정도 주례라면 나라도 하하하! 주례가 없어서 결혼 못 하는 것도 아닌데, 주례가 문제가 아니라 제대로 된 신랑감이 문젠데….."

"아이!… 그러시지만 마시고 제대로 된 신랑감…있으면 소개해 주세요."

은미는 '나이 들기 전에 정신 차리고' 라는 말을 애써 외면하고 역습을 했다.

"아! 정말요?…알았어요. 내 진짜 알아볼게요."

그렇게 그날은 지나갔지만 그 후로도 송 선생이 슬쩍슬쩍 끼워 넣는 말들은 우연인지는 모르지만 정곡을 찔러서 대하기가 편치 않았다.

결혼식을 치른 박 선생은 며칠째 몸살이 나서 병원엘 다닌다며 송 선생 혼자와 고개를 갸웃거리며 커피를 마시고 애매한 표정을 짓다가 쓸쓸히 떠나갔다.

닷새쯤 외톨이가 됐을 땐 은근히 화를 내며 푸념을 했다.

"아! 지가 결혼했나? 지 아들이 했지. 왜 지가 몸살이 나? 벌써 며칠 째야! 심상찮아서 가 보려고 했더니, 뭐! 서울로 병원을 다

닌대요. 그래서 내가 운전해 주겠다고 했더니 극구 싫다네. 나한테 감기 옮을까 봐 그렇다는데 …막 화를 내더라고, 쳇!"

송 선생답지 않게 화를 내더니 이내 골똘히 생각하는 모드로 바뀌고 실없이 픽픽 거리며 웃다 영락없는 패잔병 모습으로 주차장으로 내려갔다.

그것은 닷새쯤 외톨이가 되었을 때 푸념이었고, 그 후 또 사흘쯤 지났을 때의 송 선생의 말투는 전혀 달랐다. 말투뿐만 아니라 표정도 심각했다.

"아무래도 이상해! 무슨 일이 생긴 겁니다. 벌써 열흘이 다 돼가는데 이젠 전화도 안 받아요. 그저께 낮에 문자로만 한동안 전화를 받을 수 없다고 왔어요. 도대체 무슨 일인지 갑갑해서, 참! 아무래도 이상해! 이거 재수 없는 말 같지만 …몸살인 줄 알고 병원엘 갔더니 다른 큰 병,… 암 같은 거."

은미도 덩달아 걱정이 됐다.

"설마요, 박 선생님 요즘 혈색도 좋으시고 건강하셨잖아요?"

"그럼요, 나보다 더 건강했는데. …그런데 그게, 바로 직전까지도 모르는 게 암이니까."

"그런 건 아닐 거예요. 너무 걱정하지 마세요.… 송 선생님이 병나시겠어요."

그런데 바로 다음 날 아침, 두 사람이 싱글벙글하며 들어왔다.

은미는 반가운 중에도 궁금해서 다그치듯 물었다,

"아니! 박 선생님, 어떻게 되신 거예요? 멀쩡하시네."

"아이! 그럼 멀쩡하지, 며칠이면 낫는 걸…이 송 선생이 호들갑을 떨어서 그렇지. 요즘 감기 몸살이 오래가요. 그나저나 지난번 혼인식에 와주셔서 고맙습니다."

"이렇게 건강하신 걸 뵈니 정말 반가워요. 그리고 예쁜 며느리 보신 거 다시 한번 축하드려요, 정말 미인이시더라고요. 같은 여자가 봐도….."

"아! 그래요?… 고맙습니다."

박 선생과 은미가 대화를 이어갔지만 어찌 된 일인지 송 선생은 딴청만 했다.

"송 선생님! 박 선생님을 오랜만에 만나셨는데 왜 아무 말씀도 안 하세요? 너무 감격하셨나?…그래요?"

보다 못해 은미가 놀리듯이 물었으나 빙긋이 웃을 뿐 대답은 박 선생이 했다.

"어제저녁에 만나서 술 한잔하면서 그동안 밀린 얘기 다했으니까 그렇지? 송 선생!"

"그렇지! 그리고…오늘도 하루 종일 할 텐데 뭐!"

송 선생은 마음이 상해 있는 게 분명했다. 하긴 엔간히 속을 태웠던가! 이해가 됐다.

"그런데… 감기 몸살이 낫자마자 벌써 술을 드셨다고요?"

"아이! 쪼금, 조금만 했어요. 오랜만에 만났는데…."

박 선생이 손사래를 치며 변명같이 해서 함께 웃는 것으로 마무리되었다.

은미는 거의 매일 잠을 설쳤다. 자신의 삶이 불온한 삶이라는 확신이 점점 더해 갔다.

강우를 만나고 있는 시간을 뺀 모든 시간 내내 쪼그라들게 하는 그 생각은 점점 심해지면서 우울증 증세를 보이기 시작했다.

'어떻게 하지?'는 수시로 떠올리는 단골 반문이다. 시원한 답을 찾지 못하니 느닷없이 화가 치밀어 오르고, 한참 후에 꺼지는 듯하다가 다시 오르고를 반복했다.

강우를 만나고 있는 시간엔 달랐다. 그 품에 안겨있으면 일단은 안심이 되었다.

은미는 강우도 태연한 척하지만 자신과 똑같은 딜레마에 빠져 있다는 것을 느낌으로 알았다. 확인하기 위해서는 아니지만 무심을 가장하고 슬쩍 물어보았다.

"오빠! …오빠 나 사랑해? 그 말 들어본 지가 오래된 거 같아… 말수도 적어졌고."

강우는 물끄러미 내려다보다 픽 웃으며 툭 던지듯 말했다.

"왜? 새삼스레⋯너도 안 하잖아, 말도 적어졌고."

그랬다. 은미도 강우도 말수가 적어졌고, 마치 짜인 각본에 의해 최소한의 말과 행위로 분량을 채우듯이 말하고 행동했다.

미래에 대한 두려움이 말을 빼앗고, 온통 불안한 상상이 늘 가슴을 답답하게 했다.

그래도 섹스는 지속됐다. 아니, 오직 섹스에 매달렸다. 좇기는 듯한 불안함도 섹스를 하는 시간만은 잊을 수 있었고, 그때 만큼은 동지 의식을 느끼며 서로에게 의존했다.

9

봄은 다가오고 있지만 늦추위에 눈까지 내리는 2월 하순 어느 날 오후, 강우에게서 묘한 문자가 날아들어 은미를 긴장하게 했다.

"이번 토요일은 쉬자, 일이 있어."

문자를 보내온 적도 드물었고, 내용도 알 수 없어 답답했지만 어쩔 수 없었다.

'무슨 일이지?'

불안했다. 예감이 좋지 않다.

이런저런 안 좋은 상상만 그려졌고, 별별 상상들이 난무했다.

안 좋은 상상이 구체적으로 엄습할 땐, 실제인양 느껴져 소름이 돋았다.

'가정에 무슨 행사가 있나?'

그렇다면 전화나 문자로 설명할 수 있을 텐데, 다른 것이라는 확신이 들자 심장이 쪼그라드는 통증을 느꼈다.

'들킨 것일까?…설마!…꼬투리를 잡혔나?…어떻게?…에이! 좀 알아먹게 설명 좀 하지.'

걱정과 원망이 교차하며 한주 내내 전전긍긍했는데, 다음 주에 또 문자가 날아들었다.

"이번 토요일도 어렵겠다. 일이 있어."

도대체 왜 전화로 하지 않고 문자로 하는지 답답했지만 방법이 없다. 온갖 불길한 상상을 하다가 '아닐 거야, 괜찮을 거야' 하며 스스로를 달래보았지만 그 순간뿐이었다.

전화를 걸어 보고 싶다가도 머리를 흔들어 포기하고, 문자를 보내볼까도 했지만 끝내 포기했다. 전화나 문자는 위험하다.

위험하고 무모한 생각인 줄 알면서도 떠오르는 생각에 몸도 마음도 지쳐갔다.

시간은 한없이 늘어져 하루 보내기가 열흘쯤 되는 것 같았다.

손님에게도 건성으로 대하게 되고 입맛은커녕 끼니때를 기억하지 못해 하루 한 끼 정도, 그나마도 부실하기 짝이 없는 한 끼였다.

제대로 잠을 이루지 못해 온종일 몽롱한 상태로 지내다 깜박깜박 졸기 일쑤였다.

막상 밤에 잠자리에 누우면 정신이 말짱해지며 안 좋은 상상의 나래만 끝없이 이어졌다.

지옥 같은 한 주를 보냈을 때 또 문자가 도착했다.

"이번 토요일도 어렵겠네. 궁금하겠지만 조금만 참아, 곧 연락할게."

좀 더 구체적이긴 하지만, 궁금증은 더 커져만 갔다. 문자 중 궁금하겠지만 조금만 참아의 '조금만'이라는 말이 마음 한구석 위로가 되었다. '곧 해결이 된다는 걸까?'

생각의 패턴은 늘 같은 코스로 진행됐다. 사람을 이토록 답답하게 하는 그 일이 무엇일까?

도대체 그 일이 가정일인지? 회사일인지? 아니면 우리 두 사람의 일인지 생각하다가 우리일?에서 번번이 콱 막혀 호흡이 가빠졌다. 끝없는 반복의 굴레에 걸린 머릿속은 생각에 지쳐 몽롱한 상태가 되어 허정거렸다. 도무지 다른 생각은 생성조차 되지 않았다.

자신도 모르게 고개를 좌우로 흔들어댔다. 수시로 흔들어댔다.

10

그날 오후에 문숙이에게서 전화가 왔다. 서로 전화가 아주 없었던 것은 아니지만, 답답하던 차에 걸려온 문숙이 전화는 뜻밖이면서도 반가웠다.

"야! 문숙아! 웬일이래… 반갑다, 애."

"어! 은미야! 별일 없지? 그냥 차 마시다가 생각이 나서 한 번 해봤어."

"어! 그럼, 카페야? …정모 씨랑 같이?"

"아니, 혼자, 혼자니까 전화했지."

"아! 그렇구나. 아직 결혼 날짜 안 잡았어?"

"아직…결혼이나 할 수 있을지 모르겠어."

"야아! 무슨 말을 그렇게 해?…너희들 오래됐잖아?"

"오래는 됐지…그래서 이젠 내가 정말 정모를 사랑하는 건지 모르겠어. 그건 그렇고, 너는 괜찮아?"

"나? 나야 뭐, 괜찮고 자시고 할 게 있어? 장사는 원래 겨울에는 별로야. 좀 있으면 봄이 오니까, 괜찮아지겠지."

"다른 일은 없고?"

"응."

"그럼 됐어,…강우 선배한테 문제가 생겼나 봐."

"응?…강우 선배?"

순간 가슴이 쿵 내려앉으며 정신이 번쩍 났다.

"강우 선배 마누라가 동욱 씨를 찾아왔대. 지난번 결혼식 때 딱 한번 봤는데, 그때 그 청첩장을 들고 여기저기 물어서 동욱 씨 회사로 찾아왔더래. 아무래도 남편이 바람난 것 같은데 아느냐고 묻더래. 동욱 씨야 모르니까 모른다고 했는데 꼬치꼬치 따지듯이 묻더란다. 동욱 씨가 곤란해서 혼났대. 내 생각엔 마누라가 의부증인 것 같아. 동욱 씨도 그러더라고, 의부증 같다고. 우리가 강우 선배를 잘 알지만, 그럴 위인이 못 되잖아? 그 마누라하고 연애할 때도 강우 선배가 프러포즈를 못해서 마누라가 했다고 그랬었잖아. 그런데 무슨 바람을 펴! …하긴 사람 속은 알 수가 없으니까. 그래도 그렇지 강우 선배, 아이! 몰라! 몰라! 그냥 그런 일이 있었어."

은미는 머릿살이 쪼그라들고 가슴이 딱딱하게 굳어지는 것을 생생히 느꼈다. 가슴이 콱 막혀 숨쉬기가 온전히 되지 않았다. 뭔가 말을 해야 하는데, 망연히 전화기만 들고 있었다.

"은미야! … 듣고 있니?"

겨우 대답했다.

"으응?"

"왜 말이 없어?"

"으응! 손님이… 잠깐만. 아! 문숙아! …손님 온다."

"으응? 손님이?…아! 손님. 그래, 그럼 끊고 나중에 다시 전화하자."

겨우 모면했다. 머릿속이 쪼그라들고 부들부들 떨리는 와중에도, '뭘 알고 전활한 걸까, 그냥 모르고 한 걸까?'에 초점이 맞춰졌는데, 불리한 쪽으로 움직였다.

아직은 모르고 한 것 같지만 금방 알 것 같아 가슴이 옥죄어 온다. 숨쉬기가 벅차다.

그동안 강우로부터 온 문자의 궁금증이 풀리긴 했지만 더 큰 공포가 엄습했다.

불현듯 강우의 현재가 사무치게 궁금했다. 도대체 무슨 일을 어떻게 당하고 있을까? 숨이 막혀 제대로 생각이 되지 않는다.

생각이 제대로 형성되지 않는 와중에도 그 아내가 딱 한 번 본 사람을 수소문해서 찾아가 물어볼 정도면, 이미 돌이킬 수 없을 만큼 상황은 절망적일 것이라는 결론으로 치달았다.

'어떡해? 어떻게 해야 하지? 어떡하지? 어떡해?'

암담하고 참혹했다, 어찌할 수가 없어서 소리를 질렀다.

"아아!… 어떡해?"

아무도 없는 카페에서 발을 구르며 소리를 질렀다. 소리를 지르자 숨 쉬기가 조금 나아졌다. 문숙이가 안다면 경미도 알 텐데,

경미에게선 아직 전화가 없다. 지은이, 정혜, 정모도, 다 알고 있지 않을까? 강우는 어떻게 꼬투리를 잡힌 것일까? 결정적인 것일까? 그냥 막연히 의심 정도인가? 사람을 찾아다닐 정도면 막연한 것은 아니다. 지금 강우는 어떻게 하고 있을까? 몇 주 동안 전화 없이 문자만 보낸 것도 다 그래서 그런 것인데, 뭘 어떻게 하고 있는 것일까? 궁금하고 답답하고 미칠 것 같다.

'회사로 찾아가 만나 보면 어떨까? 안 될까?… 왜? 안 돼?'

말도 되지 않는 상상을 만들어내는 자신을 자책하며 한없이 늘어지는 시간을 견디었다.

낮엔 낮대로 시달렸고 밤엔 밤대로 잠을 이루지 못하는 길고 긴 한 주일이 지나고, 강우의 문자가 또다시 도착했다.

"미안해! 이번 주도 안 되겠어. 별일은 아니니까 너무 걱정하지 말고 잘 있어."

은미는 몇 번을 읽었다. 행간에 숨어있는 무언가를 찾기 위해서 읽고 또 읽었다.

'별일 아니니까 걱정 말라고? … 그냥 의심스러운 정도?'

아니다. 그냥 의심스러운 정도라면, 동욱이한테까지 찾아갈 리가 없다.

은미는 '별일은 아니' 라는 별일이 무엇일까를 알아내기 위해 필사적으로 생각했다.

얼마나 다행인가? 별일이 아니라니. 걱정하지 말라고 하지 않는가. 겨우 숨통이 열린다. 그러나 곧바로 숨통은 다시 옥죄왔다.

강우는 은미에게 자기한테 전화하면 안 된다고 말한 적은 없었다. 그러나 은미 스스로 알아서 그렇게 생각했고, 그 생각대로 지금까지 지켜왔다. 답답했지만 별도리 없었다.

11

며칠 후 경미에게서 전화가 왔다.

창에 경미 이름을 본 순간 얼어붙었다. 머릿살이 오그라드는 공포감에 전화를 집어 들지 못하고 머릿속에서 무슨 생각이든 생성되기를 바랐으나, 진동이 끝나도록 뒤죽박죽이었다.

잠시 후, 다시 진동이 울렸다. 떨리는 마음으로 받았다.

"은미야?"

"…"

답을 못했다.

"은미야?…은미야…"

"어! 말해!"

경미 목소리가 유난히 크게 들려 겨우 답을 했다.

"너 어디 아파?"

"아니, …졸다 깼어."

"아아! 난 또 목소리가 아픈 애 같아서…은미야! 나 어제부로 남친 생겼어."

"응?… 남친?"

은미는 경미의 얘기가 전혀 예상 밖이라 잠시 암전 상태가 되었다.

"응, 안 지는 일 년 정도 됐는데… 그런데 나이가 많아."

"나이가?… 얼마나?"

"아홉 살 …사실은 열 살이야! 서른아홉이라고 하더니 사십이래."

"남자가 좀 많으면 좋지 뭐, 믿음직하고…너 더 예뻐해 줄 거 아냐?"

은미는 자신이 말을 생각하지도 않은 것 같은데, 척 나오는 것이 신기했다.

"그럴까? …실제로 보면 별로 나이 들어 보이진 않아, 해해해! 내 눈에 콩깍지?…키가 좀 작아."

"키가? 좀 작으면 어때. 어제 프러포즈 받은 거야? 축하해! 김경미! 진심으로 축하한다.… 그런데 그동안 서로 사귀고 그랬을 거 아냐? 어제 처음 만난 사이가 아니고, 요 앙큼한 게 그동안 시치미를 뚝 떼고 있었단 말이잖아, 김경미! 너, 요거! 요거! 요물단 지…그동안 입이 근질근질했지, 자랑하고 싶어서? 그래! 자랑 좀 실컷 해봐라."

은미는 경미와 대화 중에 약간의 여유를 찾긴 했지만, 이렇게 말이 술술 나오는 게 이상했다.

한동안 제대로 된 대화를 하지 못했었는데 제대로 말문이 트인 것 같았다.

"안 지는 일 년 정도 되지만 가까워진 건 얼마 안 됐어. 그것도 긴가민가해서 말하기가 뭣했어. 어제 정식으로 남친이 된 거지. 어제 남자한테서 꽃다발을 처음 받는데, 쑥스러워 죽는 줄 알았 다. 사람들이 많은 데서 무릎 꿇고…솔직히 쑥스러우면서도 좋긴 하더라."

"아이고! 우리 경미 경사 났네, 경사 났어.…뭐 하는 사람이 니?"

"으응!…한전에 근무해."

"한전?… 한국 전력? 그럼 공무원?"

"공무원은 아니고 공기업이니까 준공무원이지."

"야! 준공무원? 이 기집애 재주 좋네, 입 찢어지겠다."

"그런데 사 남매의 장남이라 그게 걱정이야."

"장남? 사 남매? 와! 사람 사는 것 같겠다. 그럼 너 맏며느리 되는 거네. 너한텐 딱이다. 아주 꼭 잡아라. 김경미, 다시 한번 축하한다… 잘해 봐.”

“그래, 고맙다. 잘해 봐야지…그런데 문숙이하고 정모가 좀 심각한가 봐! …요즘 아예 만나지도 않나 봐.”

“그래? 문숙이 얼마 전에 전화 왔었는데…그런 말 안 하던데.”

“문숙이한테서?…야! 혹시 문숙이한테 강우 선배 말 들었니?”

“응? 뭐?… 아! 강우 선배?”

올 것이 왔다.

“강우 선배 그렇게 안 봤는데 바람났나 봐. 남자들이 왜 그러니? 정모도 한눈팔다가 문숙이한테 걸렸나 봐. 지는 아니라고 그러는데…. 강우 선배는 다니는 회사에 소문이 쫙 났대. 그 마누라하고 사내 결혼한 거잖아. 그런데 회사에 그 마누라 동료들이 있을 거 아냐. 마누라하고 친한 동료가 강우 선배와 어떤 여자가 모텔에 들어가는 걸 봤대. 강우 선배는 아니라고 하는데, 그 소문이 마누라 귀에까지 들어가서 …그 마누라가 동욱 씨를 찾아와서 시침 뚝 떼고 유도 심문하더란다. 동욱 씨 결혼식 때 한 번 본 사인데 참! 마누라가 꽤 극성스러운가 봐. 프러포즈도 마누라가 먼저 했다는 걸 보면 보통은 아닌가 봐. …동욱 씨 결혼식 날 봤을 때는 그렇지 않아 보였는데, 우리가 자기 신랑 후배들이라 그런지 몰라도 퍽 얌전해 보이더라고. 좌우지간 강우 선배 똥줄 타게 생겼어…문숙이하고 정모는 좀 시간이 필요한 거 같아. 내가 나서서 붙여줘야겠는데, 내가 보기엔 문숙이가 좀 심한 것 같아. 정모 걘 순둥이잖아."

은미는 심장이 쪼그라드는 통증을 느끼며 숨이 막혀 대꾸거리를 찾을 생각조차 못했다.

"야! 은미야! …듣고 있는 거야! 왜 대꾸가 없어?"

겨우 답변을 밀어냈다.

"어!… 네가 나서서 붙여줘. …문숙이가 답답해서 나한테 전화했었구나."

"글쎄, 나서긴 나서봐야겠는데 이런 게 참 조심스러워. 누구 편을 들 수도 없고…이미 많이 곪은 거 같아."

이어진 경미의 얘기들을 겨우겨우 대꾸를 이어가며 가까스로 상황을 모면했다.

강우의 얘기가 언급될 때마다 대꾸를 피하며 문숙이 얘기로 대처했고 경미 남친 얘기를 곁들였다. 전화를 끊고 나서 망연자실한 상태에서도 이 시간 강우는 무엇을 하며 어떻게 견디고 있는지 답답했다. 강우와 같이 모텔로 들어가는 것을 누군가가 지켜보고 있는 영상을 떠올리자 몸서리가 쳐졌다.

'앞모습은 못 보았다는 건가? 설마 사진을 찍진 않았겠지. 기다리고 있다가 나오는 장면을 찍진 않았겠지. 찍었다면… 찍었다면, 어떻게 해야 하지? …아! 어떡해. 오빠! 미안해, 내가 잘못했어. 내가, 내가 잘못했어.… 나 때문이야! …다 나 때문이야!… 다, 다, 다, 나 때문이야!… 아!… 사진까지 찍혔다면….'

숨이 턱 막혔다.

아무것도 할 수가 없어서, 카페 문을 걸어 잠그고 2층으로 올라가 침대에 누웠다.

할 수 있는 게 없었다. 너무 많은 생각들이 엉킨 채 머리를 지배하고 있어 소리 내어 울지도 못했다. 모든 고통을 혼자 당하고 있을 강우를 떠올리며 그 사실을 알고 있으면서도 아무것도 할 수 없는 자신의 무력함에 치를 떨었다. 상상의 습격은 자꾸만 부풀어지고 시간은 한없이 늘어졌다. 아직도 밖은 훤한 대낮이다.

이 고통은 언제 끝날 것인가? 처음으로 죽음을 생각했다. 자살, 자신의 생명을 스스로 끊어버리는 짓을 해야 할 것인가? 한동안 자책을 하고, 공포의 늪에서 허우적거리고, 죽음을 그리던 머릿속에서 한 가닥 햇살 같은 것, 솟아날 구멍을 찾았다.

'내가 뭘 그렇게 큰 죄를 지었단 말인가? 사랑한 게 죄인가? 사랑이 죄야?…우리는 어려서부터 서로 좋아했고, 짝사랑이 아닌 서로서로 사랑했었는데 어찌어찌하다 어긋나 이루지 못하다가

이제 겨우 이루었는데 그게 그렇게 죽을죈가?'

생각은 점점 날아올라 상승기류를 탔다.

'이 세상에 평생 동안 한 남자와 한 여자와만 섹스를 하다가 죽은 사람이 얼마나 있어? 소설이나 드라마, 영화, 다 그런 얘기잖아? 실제로 다 그렇잖아? 정확히 따지고 보면 들킨 연놈과 들키지 않은 연놈으로 구분될 뿐이지. 다들 몰래몰래 다 그 짓 하잖아!… 간통죄도 없어졌는데…내가 무슨 죄야? 돈을 뜯었어? 가정을 파괴했어?'

어금니를 꽉 물고 눈에 독기가 살아나자, 자리를 박차고 일어나 아래층으로 내려가 카페 문을 힘차게 활짝 열었다. 마음껏 공기를 깊이 들이마시고 멈추었다가 힘차게 내뿜었다.

"무죄!… 난 무죄야! 난 죄가 없다! 사랑이야!… 사랑은 죄가 아냐!"

앞에 누가 있기라도 한 것처럼 주먹을 내뻗어 흔들며 소리 내어 외쳤다.

고통과 저항이 뒤섞인 지루하고 답답한 하루하루가 밀려나듯 겨우겨우 지나가서 3월이 지나고, 4월도 열흘이 지났건만, 강우에게선 전화도 문자도 없다. 답답했지만, 한편으론 차라리 잠잠한 이 상태가 지속적으로 유지되기를 바랄 만큼 소중하게 느껴지기도 했다.

봄기운이 완연해지자 카페를 찾는 손님도 점점 늘어나고 있었다. 산악자전거 팀이 한꺼번에 몰려와 모처럼 북새통을 겪고 난 토요일 오후, 무심히 휴대폰을 연 은미는 문자가 와 있음을 확인하고 급하게 창을 열었다. 강우의 문자였다.

"그동안 안부 전하지 못해 미안해. 내일 낮 12시에 올림픽공원 안에 있는 한성백제박물관 3층 레스토랑에서 만났으면 해. 찾을 수 있겠지. 남4문으로 들어오면 돼."

지금껏 만나던 곳이 아닌 생소한 장소다. 뛰는 가슴을 다스리며 거푸 몇 번을 읽었다.

행간에서 어렴풋이나마 읽을 수 있었다. 생소한 장소, 차분한 내용, ― 올 것이 온 것 같은 ― 예감은 맞을 것이다. 이 느낌, 이 예감은 틀리지 않을 것이다.

예사롭지 않은 확신에 마음도 차분해진다. 마치 이때만을 기다려왔던 것처럼.

잠을 이루진 못했지만 마음은 오히려 차분해졌다. 언젠가는 이렇게 헤어지게 될 것을 모르진 않았었다. 예상보다 빨리 온 걸까? 그런 것 같았다. 아니 어쩌면 진즉 웃으며 이별을 했더라면 공포에 떨지 않아도 되고 아름다운 추억으로 남길 수 있었을 텐데 하는 생각도 했다. 그러나 그건 결코 현실에서는 있을 수 없는 허망한 자기합리화에 불과하다는 결론에 수그러들었다.

'서로에게 미쳐 물불을 못 가리고 상대를 갈망하는 그 상황에서 어떻게 헤어질 생각을 해? 말도 안 돼. 어떻게 하든 한 번이라도 더 만나고 싶은데, 그런 생각을 해?…그렇다면…그렇다면, 결국 이렇게 엄혹한 일이 발생해야만 헤어질 수 있다는 건가? 그게 현실이라면 결론은 언제나 새드무비로 끝날 수밖에 없다는 거네, …슬프다.'

12

생소한 그곳은 너무 쉽게 찾아졌다. 은미는 서울로 강우를 만나러 오면서 처음으로 자신의 소형차를 운전해서 왔다.

진즉부터 많은 걱정을 해서인지 내내 차분하게 운전할 수 있었고 수월하게 찾아졌다.

일찍 서두른 덕에 3층 레스토랑으로 올라가기 전 주변을 돌아볼 여유가 있었다. 공원은 연 푸름의 생기로 넘쳐나고 있었고, 박물관 앞엔 하얀 벚꽃이 만발해 구름 산을 이루고 있었다. 솔바람에 꽃잎이 하나둘 날리는 벚나무 앞에서 꽃무리 속을 올려다보았다.

작은 꽃송이들 사이로 더 작은 벌들이 쉼 없이 날아다녔다. 활짝 핀 꽃무리를 보면서도 기쁘지도 슬프지도 않았다.

이별의 장소로도 이별의 계절로도 나쁘지 않다는 생각을 언뜻 한 것 같았다.

'그래! 오늘 오빠 앞에서 절대 울어선 안 된다. 울지 말자!'

엘리베이터를 타지 않고 발에 힘을 주어 또박또박 걸어 3층까지 올라가, 벚꽃이 내려다보이는 창가에 자리를 잡았다. 아직 손님은 없다. 은미가 유일한 손님이다. 먼저 커피를 주문했다. 커피 향과 바깥 정경이 오랜만에 애틋한 분위기를 느끼게 했다.

'그래, 놀라지도 말고 울지도 말자.…웃으며 맞이하자.'

12시가 가까워지자, 손님들이 드문드문 들어오기 시작했다.

은미가 다시 초조해지기 시작할 때쯤, 정장에 넥타이까지 한 강우가 들어왔다.

입구에 들어서는 강우를 눈여겨 보면서, 여느 때의 강우가 아니라는 것을 바로 알 수 있었다. 가까이 오는 강우를 보고 은미는 와락 달려들고 싶은 충동을 느꼈다.

'아니! 어떻게 저렇게 마를 수가 있지?'

강우는 가까이 와서도 바로 앉지 않고, 은미를 한참 내려다보다 슬며시 앉았다. 그리고 또 은미를 살폈다. 은미도 피하지 않고 마주 살폈다. 너무 말랐다. 다음 순간, 눈이 쑥 들어간 강우의 마른 얼굴이 일그러지다 "훅" 하며 터져 나오는 울음을 참느라 고개를 숙인 채 어렵게 한 마디를 뱉었다.

"흐흑!… 미안하다! 이은미! 으흑!"

두 손으로 입을 가린 채 소리 죽여 울었다.

갑작스러운 일이지만 은미도 상황을 생각할 새도 없이 마주 울음이 비어져 나왔다.

"오빠! 으우…울지 마! 오빠, 흐흑… 울지 마! 오빠!"

울음이 터져 나와 격한 가슴에 작은 소리로 말하려니 목소리가 나오지 않았다.

종업원이 주문을 받으러 왔다가 난감해하고 있어, 은미는 미리 보아두었던 세트메뉴를 손으로 짚어서 주문을 했다. 종업원이 갔다.

"오빠! …흐흑 왜 이렇게 말랐어? 흐흑…오빠! 고개 좀 들어."

강우는 겨우 고개를 들어 은미를 바라보다가 다시 고개를 숙이고 소리 죽인 오열을 이어갔다.

은미는 강우가 자신이 추측했던 것보다 훨씬 더 혹독한 곤욕을 치루고 있었음을 알 수 있었다. 얼마나 괴로웠을까 생각하니 강우가 애처로워 가슴이 미어지는 아픔을 느꼈다.

"오빠! 흐흑… 오빠! 울지 말아요. 흐흑, 오빠 잘못이 아니에요.

내 잘못이에요. 내가 잘못했어요."

오열하던 강우가 고개를 들고 은미를 빤히 보다 쉰 목소리로 말했다.

"내가…으흑 잘못했지. 내가…내가…으흑 미안해."

옆 테이블의 손님들이 힐끗거리며 관심을 보였으나 다행히 이내 그들은 애써 모른 척했다.

"오빠! 우리 그만…헤어져요. 그러면 되잖아요. 흐윽… 오빠 왜 이렇게 말랐어?"

"으흑 정말 미안하다…할 말이 없다."

"오빠! 오빠 잘못 아니에요. 미안해하지 말아요, 제 욕심이 흐윽…이제 놔 줄게요."

종업원이 스프를 시작으로 오고가면서, 둘의 대화가 토막토막 잘리며 오히려 평정을 찾아갔다. 은미는 강우를 좀 더 자세히 관찰했다. 정장에 넥타이까지 맨 강우는 그동안의 고초를 고스란히 드러내듯 바짝 마른 몸매에 볼이 홀쭉하고, 쑥 들어간 눈에 눈물이 그득 고여 넘쳐나고 있었다. 형식적으로 스프를 떠먹었다. 참으로 어색했다. 이 상황에 이걸 먹어야 하다니, 난감했다. 일어나고 싶었지만 쉬운 결정이 아니었다.

결국 멈추었다. 강우도 스푼만 든 채 그대로였다.

"오빠, 나가자…일단 나가요."

강우는 기다렸다는 듯이 고개를 끄덕이며 일어섰다.

둘은 사람들의 시선을 느끼며 계산대 앞에 섰다. 강우가 계산하는 동안에 은미는 실내를 둘러보았다. 몇몇이 시선을 급히 돌렸다.

엘리베이터를 타고 내려가며 은미가 강우의 손을 잡았다. 강우는 순간 은미를 와락 끌어안았으나 곧 풀었다. 은미는 울컥했지만 곧이어 엘리베이터의 문이 열려서 감정을 이어가지 못했다.

둘은 말없이 나란히 적당한 간격을 유지한 채 공원 숲길을 걸었다. 팔짱을 끼고 싶은 충동을 느꼈으나 이젠 안 된다는 머릿속 지시를 따라야 했다.

레스토랑을 나온 해방감을 느끼면서도 인적이 없는 곳을 찾아 헤매는 어색한 여정도 마음을 불편케 했다. 더구나 이제 막 연녹색 생명력이 피어나고 있는 공원에서, 이별의 장소를 찾아 헤매는 자신들의 처지에 어쩔 수 없이 비애를 느껴야 했다. 마침 점심때라 인근 사람들이 많이 나왔는지 이별의 장소 찾기는 쉽지 않았다.

마침내 찾아졌다. 외지고 인적이 없는 숲속의 빈 벤치를 찾아내어 나란히 앉았다.

"미안해! 이은미, 그동안 궁금했지? 내가 일방적인 문자만 보내서…."

여전히 쉰 목소리지만 많이 차분해졌다. 은미는 주위에 아무도 없음에 비로소 감정이 격해져 옴을 느끼고 필사적으로 자제하며 말했다.

"오빠, 설명하지 않아도 알아요. 경미한테 다 들었어요. 우리 아무 말 하지 말고 그냥 헤어져요. 그동안 행복했어요. 오빠, 나 때문에 너무 많은 고초를 겪게 해서 미안해. 흐윽… 오늘 오빠 모습 보고… 흐윽…"

결국 터지고 말았다.

"울지 마! 으흑 너도 많이 말랐어. 미안하다. 이말 밖에…으흑 정말 미안해!"

"흐윽!… 미안해하지 말아요. 정말 사랑했어요. 우리 이젠 헤어져요. 그게 맞는 거예요.…오빠! 저기 보세요. 꽃잎이 흩날려요.… 헤어지기엔 너무 아름답죠? 그렇죠?…오빠, 우리 웃으면서 헤어져요. 오빠만 괜찮으면 저도 괜찮아요.…흐윽 오빠! 나 걱정하지 말아요. 나 씩씩하게 살게요. 나 중학교 때부터 혼자 살았어요. 걱정 안 해도 돼요. 오빠! 그렇게 해요."

"이은미! 넌 어떻게 그렇게 씩씩한 척하니?…으흑! 미안하고 고맙다. 하아!…내가 뭘 해줄 게 있어야지, 내가 미워죽겠다. 이은미!…잘 살아. 그리고 으흑! …좋은 사람 만나."

강우는 돌아앉아 또다시 오열을 했다.

은미는 강우를 뒤에서 안았다. 강우가 돌아앉으려 하자 은미가 다급히 말했다.

"오빠! 이대로 있어. 조금만… 으흑… 조금만 …오빠 그동안 행복했어요."

은미는 강우를 뒤로 안은 채 마음을 다스렸다. 한동안 등에 옆얼굴을 대고 강우의 심장 박동 울림을 들었다. 이제 진짜 헤어질 시간이 다가왔음을 알았다. 동시에 울음을 그치고 차분히 작별 인사를 해야 한다고 다짐했다.

"오빠! 나 이제 조용히 갈게요. 돌아보지 마요.…오빠, 안녕."

은미는 강우에게서 손을 빼어 등을 다독이고 일어섰다. 강우가 바로 돌아앉았다.

"이은미!…"

"돌아보지 말라니까. 흑 …이별 좀 멋지게. 참!…흑 그것도 안되네."

"여기 좀 앉아! 으흑… 천천히 가. 왜 빨리 가려고 해? 이렇게 으흑… 좀 있다 가자."

강우가 은미를 잡아끌었고 은미는 다시 앉을 수밖에 없었다.

강우는 붉게 부풀어진 눈두덩이 밑으로 눈물을 매달은 채 실눈으로 은미를 바라보며 애원했다. 한없이 가여웠다. 두 손을 두 손이 잡았다.

"오빠!…오빠 정신 차려. 흐윽!… 그만 울어."

"하아악!…내가 뭘 해줄 게 있어야지. 하아악! …내가 미워 죽겠다. 이은미! 정말정말 미안하다."

강우가 아예 소리를 내며 오열했다.

"오빠! 제발 흑흑! … 미안하다고 하지 마! 우린 흑흑! …서로 사랑한 거잖아."

강우가 눈물범벅이 된 얼굴로 고개를 끄덕였다.

눈물범벅의 이별 의식은 이후로도 한참이나 계속되었다.

결국 은미가 마지막 이별의 대미를 장식하기 위해 일어섰다.

"오빠! 그동안 행복했어요. 우리의 이별이 조금 빨랐더라면 좋았을 텐데…제가 미련했어요. 오빠, 미안해요. 그동안 고마웠어요. 저 잘살게요. 오빠도 이제 마음잡고 흑…아프지 말고 건강하세요. 흑… 저 가요. 흑… 오빠, 안녕."

강우가 다급히 일어섰으나 은미가 이미 몸을 돌려 몇 발짝을 떼어놓은 뒤였다.

"이은미! …이은미! 잘 가!… 행복해!"

한참을 걷다 뒤돌아보았다. 강우는 선 채로 오열하다 무어라 외치는데 온전히 들리지 않았다. 찌그러진 얼굴 모습만 눈에 들어왔다. 은미가 손을 흔들며 돌아섰다.

꽃잎이 하염없이 흩날리는 공원의 이별은 애절했지만 아름다움과는 차원이 달랐다.

몹시 어려웠다.

방향도 모른 채 허정허정 걸었다.

걷다 보니 지하주차장에 들어섰고, 차 안에서 망연히 시간을 보냈다.

신기하게도 슬프거나 안타깝다는 느낌은 없었다.

맑거나 밝은 것은 아니다. 그저 끝났다는 가벼움은 있었다.

이별이 오래전에 있었던 일 같이 느껴졌다. 어렴풋한 엄마와의 이별과 겹쳐져 맴돌았다.

'엄마!…아! 엄마!'

참았던 눈물이 볼을 적시며 울음을 끌어냈다. 제대로 울음이 터졌다.

"으아아악!… 아아악! 으아아악!

운전대를 잡아 흔들며 맹렬히 울었다. 정신없이 울었다. 보이는 것 들리는 것 없었다.

얼마 동안 울었는지 결국엔 머릿속이 띵해져 그쳤다.

그대로 가만히 있다가 운전대에 엎드려 눈을 감고 기다렸다.

시간이 지나자 점차 숨쉬기가 자유로워졌다.

눈에 힘을 주어 크게 뜨고, 시동을 걸고, 침착하게 출발했다.

차분하게 운전하다 보니 뒤에서 자주 빵빵거렸지만 그리고 옆을 지나며 감자를 먹이는 사람도 있었지만 아랑곳하지 않고 앞만 보며 운전했고, 어찌어찌하다 보니 파사성 주차장에 무사히 도착해 있었다.

규환이가 무어라 얘기해서 고개를 끄덕여주고 2층으로 올라가 의자에 앉아 창밖으로 먼 곳을 보았다. 얼마 후 규환이가 와서 퇴근하겠다고 해서 수고했다고 했다.

어두워져서 그대로 침대에 누웠고, 잠시 후엔 잠이 들었다.

녹턴

그 동안 잘 지냈나요?

먼저 와 기다렸어요.

꼭 다문 그대 입술이

왠지 오늘 더 슬퍼 보여

무슨 일 있었나 봐요.

초조해 숨이 막혀요.

떨리는 그대 눈빛에

자꾸 눈물이 흘러 내려요.

이미 나는 알고 있어요.

어떤 말을 하려 하는지

미안해 하지 말아요.

그대가 잘못한 게 아네요.

사랑 하나로 그 모든 비난을

이길 순 없겠죠. 안 되겠죠.

꿈은 여기까지죠.

그 동안 행복했어요.

꽃잎이 흩날리네요.

헤어지기엔 아름답죠, 그렇죠?

이미 나는 알고 있어요.

어떤 말을 하려 하는지

미안해 하지 말아요.

그대가 잘못한 게 아네요.

사랑 하나로 그 모든 비난을

이길 순 없겠죠. 안 되겠죠.

괜찮아 울지 말아요.

우리가 잘못한 게 아네요.

대답해 봐요.

그럴 자격이 없는

사람들의 말 따윈 믿지 마요.

꿈은 오늘까지죠.

운명에 우릴 맡겨요.

꽃잎이 흩날리네요.

내 사랑 그대

이제 나를 떠 나 가 요!

제 4 부

강변에서

1

아침 일찍 잠에서 깨어났다. 어제 일들이 생각났으나 별다른 감정은 없었다.

어제 온종일 아무것도 먹지 않은 것이 생각나 밥상을 차려 느릿느릿 먹었다.

카페에 내려가서 영업 준비를 했다. 빗자루를 들고 나가 갈림길까지 쓸고, 길 여기저기에 난 작은 풀들도 깨끗이 뽑았다.

'잘 된 거지? 그래서 편안한 거지? …편안? 평안?'

커피를 마시고 송 선생과 박 선생을 기다렸다. 오늘따라 그들이 기다려졌다.

그들이 올 시간이 지났는데도 아직 오지 않는 걸 보니 결근인가 보다. 섭섭했다.

자꾸 눈길이 주차장을 향했으나 그들은 나타나지 않았다.

규환이가 왔다.

"괜찮으세요?"

"응? 뭐가?… 나? 내가 왜?"

"아니! 어제 좀…안 좋아 보이시던데요."

"아! 어제…어제 좀 그랬나?… 괜찮아, 오늘은 내가 가게 볼게. 어제 하루 종일 혼자 봤으니까, 오늘은 좀 쉬어."

"아닙니다. 내일부터 닷새 동안은 또 혼자 해야 되잖아요? … 오늘도 제가 혼자 볼게요. 오늘 하루는 제대로 푹 좀 쉬세요."

"제대로?…제대로 쉬는 게 어떻게 쉬는 건데?"

"글쎄요. …그냥 아무 생각하지 말고 그냥 쉬세요."

"아무 생각하지 말고? …그래! 알았어, 고마워."

은미가 빙긋이 웃으며 말했고, 규환이도 흡족한 미소로 답했다.

2

갈 곳도 정하지 않은 채 카페를 나섰다가 갈림길에서 문득 백로가 생각났다.

목표가 정해지자 강둑을 향해 걸음을 옮겼다. 강둑엔 새 생명들이 자라나고 있었고, 햇빛이 쏟아지는 강물엔 솔바람이 불어

수많은 반짝임으로 여울져 흐르고 있었다.

아직 백로는 보이지 않고 버드나무들이 한가로움을 연출하고 있었다.

둑길을 넘어 내려가 강가 옆 오솔길을 걸었다. 아직 풀들은 무성하지 않아 걷기에 불편하지 않았다. 간간히 모래길을 만나기도 하고, 작은 돌길을 만나기도 하고, 쓰레기더미가 걸쳐있는 버드나무 옆을 지나기도 했다. 여기저기 물오리들도 보였다.

'살다 보면 어떻게 되겠지.'

모든 것이 단순했다. 물은 흐르고 바람은 분다. 오래된 다리 위로 자동차들이 소리 없이 미끄러져 가고, 파란 하늘엔 하얀 구름들이 모양을 서서히 바꾸며 흐르고 있다.

한참 동안 이것저것들을 하릴없이 바라보며 걸었다. 그냥 걷기 위해서 걸었다.

얼마 후 무심을 가장했던 머릿속에 기어코 강우가 자리를 잡아갔다.

오열하던 강우의 모습이 떠오르며 울컥 설움이 북받쳤다. 시야가 눈물막으로 가려져 걸음을 멈췄다. 그대로 몇 걸음을 더 옮겼다. 그리고 적당한 물가를 찾아 앉았다.

무심한 강을 향해 앉자마자 울음이 비어져 나왔다. 여기라면 마음 놓고 울어도 된다고 단정 지었다. 소리 없이 시작한 울음은 목울대를 넘으며 오열로 이어지고, 머릿속 강우의 오열 모습은 통곡을 토하게 했다.

"아악! 아악! 아 아 아악!…"

있는 힘을 다해 목을 빼고 악을 썼다.

보는 이도, 듣는 이도 없는 강가의 처절한 통곡은 오래도록 계속됐다.

강우로 시작한 울음은 엄마의 기억까지 끌어들여 절정을 향해 치달았다.

"엄마아!…어! 엄마!…어! 엄마!…"

연이어 가물가물한 아빠의 기억도 끌어들였다.

목구멍까지 꽉 차 있던 울음을 다 토하고 가슴의 답답함이 뚫려 숨쉬기가 편해졌다.

그만 울기로 했다. 아무 생각이 나지 않았다.

무심히 물속의 흰 구름을 따라 흐르다 또 다른 구름을 따라 흐르기를 몇 번이고 반복했다. 그리고 이번엔 물속의 구름을 하늘에서 찾아 하염없이 따라가며 보았다.

운동화와 양말을 벗어 나란히 놓고 물속에 발을 담가 보았다. 제법 차다. 견딜 수 있을 만큼 참다 두 발을 들어 올리고 찬기가 가시면 다시 담그기를 몇 번 반복했다.

옆에 나란히 놓여있는 운동화와 양말을 보다 자살을 생각해냈다.

'누가 보면 자살하려는 사람으로 …자살? 자살? 진짜 죽어버릴까?'

죽어버리면 좋을 것 같다는 생각을 하다가 그럴 용기도 없는 자신을 생각하곤 피식 웃었다.

'지금쯤 오빠는 무얼 하고 있을까?'

생각하다가 또 어제의 오열하던 모습이 떠올라 울컥 울음이 올라왔다.

머리가 띵하게 아파 이마를 짚고 눈을 감았다.

'진짜 죽어버릴까? …어차피 죽을 건데, 좀 먼저 죽으면 어때… 살아본들 뭐해?'

이번엔 웃지 않았다.

'해낼 수 있을까? …많이 고통스러울까? …물이 꽤 차던데.'

눈을 떠 강을 살폈다.

'저만큼은 걸어 들어가야….'

찬 강물 속으로 걸어 들어가는 자신을 그려보다 피식 웃으며 고개를 저었다.

'하지도 못할 거면서….'

조롱하는 자신과 조롱을 당하는 자신이 다툼을 한다.

'내가 죽으면 오빠는?… 엄마가 맞아줄까?… 경미는? 규환이는?'

또 울음이 올라왔지만 물기 있는 발에 양말을 신는 어려움 때문에 무사히 넘어갔다.

신을 신고 일어서자 때마침 바람이 불어와 바람이 오는 쪽으로 얼굴을 내밀며 바람을 맞았다. 헝클어진 머리칼을 쓸어 올리고 매무새를 다듬으며 천천히 걷기 시작했다.

구불구불하고 울퉁불퉁한 길을 걸으며 생각을 바꿔 봐야겠다는 생각을 했다.

'나는 지금 슬픔을, 괴로움을, 허전함을, 그리고 온갖 서러움을 만끽하고 있는 거다. 나는 나다. 나는 지금 소중한 그것들의 절정을 만끽하고 있는 중이다. 언제 또다시 이런 기회가 있겠어? 마지막 한순간까지 느끼며 즐기자! …느끼며 즐기자? …그렇지! 즐기지 못할 게 어디 있어, 즐기면 되지?'

강을 거슬러 올라갔다. 길이 나 있는 곳은 편히 걸었고, 풀이 우거져 길이 온전히 나 있지 않은 곳은 풀을 헤치며 천천히 걸었다.

걷다 걷다 지치면 앉아서 쉬고, 쉬다 쉬다 지치면 걷기를 온종일 반복했다. 강물을 하염없이 들여다보기도 하고, 바람을 맞으며 눈을 감기도 하고, 작은 풀꽃을 자세히 들여다보기도 하고, 예쁜 돌멩이를 집어 들고 만지작거리다 강을 향해 던지기도 했다.

어느 순간 자신이 행복을 느낀 것 같기도 해서 걸음을 멈추었다.

'왜 이렇게 마음이 편안하지? …신기하네.'

모든 것이 대수롭지 않게 느껴지다 모든 것이 진기하게 느껴지기도 했다.

다시 걷고 걸어서 여주가 건너다보이는 다리에 다다랐다. 해는 기울어져 가고 있었고 마음은 평온해졌다.

'가자! 집으로…이젠 그만 가자'

택시를 부르고 느긋하게 기다리다 택시가 와서 유유히 카페로 돌아왔다.

"아유!… 어디까지 가셨다가 오시기에 얼굴이…점심도 안 했지요? 송 선생님 보셨어요?"

아무 말 없이 2층으로 올라가려던 발길이 멈춰졌다.

"송 선생님?…왔었어? 혼자?"

"네, 아까 강가에 계실 때 송 선생님이 오셨다가 둑길 너머에서 계속 지켜보고 계셨어요, 계속이요. 여기서 보니까 나중에 저쪽 위로 가실 때도 계속 따라가시던데. 여기서 보이지 않을 때까지 따라가시는 걸 봤어요. 늦으시기에 두 분이 만나신 줄 알았더니…그냥 가셨나 보네요."

"혼자서? …날 쭉 지켜본 거야?"

"네! … 혼자 좀 늦게 오셔서 물으시기에 저기 강가에 있다고 하니까 차도 안 마시고 부리나케 뛰어가셨어요. 여기서 보니까 둑길 너머 풀숲에서 계속 지켜보고 계시던 데요."

은미는 상황 장면이 생생히 그려지며 망연자실했다.

'아이고! …우째 이런 일이?'

다음 날 아침, 영업 준비가 채 끝나기도 전에 송 선생이 혼자 들이닥쳤다. 반가웠지만 어제 일을 떠올리며 어색해지는 것을 억지로 감추며 반갑게 맞이했다.

"어서 오세요. 어제는 늦게 혼자 오셨다면서요? 오늘도 혼자시네요."

"허허허! 그러게 말이에요 …박 선생 여행 갔어요. 가족끼리 하와이 갔어요."

송 선생은 허허 대며 말은 했지만, 표정과 투는 예사롭지가 않았다.

"하와이요? 가족끼리, 좋겠다.…또 송 선생님만 심심하시게 생겼네요."

"좋은 게 아니랍니다. 그게 참,… 은미 씨! 커피 두 잔 갖고 이리와 앉아보세요."

"그게 무슨? …무슨 일 있었어요?"

"예! 있었지요. 참!…말도 안 되는 일이 있었어요. 우선 차부터 갖고 와 앉아보세요"

"네, 그럴게요. 무슨 일이기에….”

3

송 선생과 마주 앉았다.

송 선생은 커피를 마시며 은미를 살폈다. 몇 모금 마시고 고개를 끄덕이다 말했다.

"은미 씨! …에!…지금부터 박 선생, 아니 박 선생 아들 얘기를 좀 할까 해요. 좀 엉뚱한 얘기 같지만 일단 한번 들어봐요.”

"예? 박 선생님 아들이요? …지난번 결혼한 그 아들이요?”

"그 아들이죠. 참 기가 막힌… 어처구니없는 사건이 있었어요. 들어봐요, 말도 안 되는 사건이에요. 참 내!…그날, 결혼식 날 얘기입니다.”

"무슨…?”

"들어보세요. …그날 결혼식 별 탈 없이 잘 끝났잖아요. 신랑신부 둘이 결혼식 잘 끝내고 그날 저녁에 유럽으로 신혼여행을 가기 위해서 같이 공항까지 잘 갔는데…잘 갔는데, 공항에서 신부가 사라진 거예요.”

"어머! 왜요?”

"잠깐 화장실 다녀오겠다고 갔는데 아무리 기다려도 오지 않는 거예요. 어떻게 되었겠어요? …기가 막히잖아요? 나중에 밝혀졌지만…그 여자한테 애인이 있었던 거예요. 숨기고 결혼한 거죠. 그리고 마지막 순간에…공항에서 그 애인에게로 달려간 거죠."

"와! …어떻게 그런 일이…아이고! 그 신랑, 어떡해.…"

은미는 자신과 관계된 이야기인 줄 알았다가 예상 밖의 엉뚱한 얘기지만 적잖이 충격을 받았다.

"왜, 그때 그 결혼식 다음 날부터 박 선생이 감기 걸렸다면서 나오지도 않고 나중엔 연락도 못하게 했었잖아요. 그게 다 이 문제를 해결하느라고 그랬던 거예요."

"어머! …그게 해결이 돼요?"

"안 되죠. 그래도 어떻게 된 일인지 알아봐야 할 거 아닙니까? 사돈댁으로…사돈도 아니지만, 여하튼 찾아가 만났더니 죄송하게 됐다고 싹싹 빌면서 자기들도 연락이 안 된다는 겁니다. 그리고 그때서야 딸에게 애인이 있었다는 겁니다. 애인인 남자와 피치 못할 사정이 있어서 그 남자와 쫑을 내고 결혼을 시킨 거랍니다. 기가 막힐 노릇 아닙니까? 화를 내고 소라를 질러봤자 무슨 소용이 있겠어요? 이미 엎질러진 물이고 그쪽도 참… 골치 꽤나 아플 거 아닙니까?"

"아니! 그 남자가 그렇게 좋으면, 집에서 반대를 하더라도 둘이 도망가서라도 살면 되지 …신랑은 어떡하라고 참!… 말도 안 돼."

송 선생은 잠시 침묵을 지키며 창밖을 보다 다시 말을 시작했다.

"그러게 말입니다. 은미 씨! 피치 못할 사정이란 게 뭐겠어요? …유부남이랍니다. 처음에는 그냥 피치 못할 사정이라고 얼버무리다가 나중엔 이실직고를 하더랍니다, 유부남이라고. 그러니 그 집이나 그 남자 가정이나 난리가 났겠죠.… 아마 머리 꽤나 아플 겁니다."

은미는 유부남이라는 말에 더 이상 듣고 싶지 않았으나 궁금증이 앞섰다

"아니 그러면 신랑은 어떻게 됐어요?"

"아주 박살이 났죠. 방문을 잠가놓고 밥도 안 먹고, 휴대폰도 꺼 놓고,… 그렇게 닷새 정도 지나니까 부모들이 미치는 거죠. 열쇠 기술자를 불러서 문을 따고 들어가 봤더니 송장이 다됐더래요. 그래서 입원을 시켜서 겨우 살렸는데 퇴원해서는 또 두문불출을 하더랍니다. 학원 강사,…아! 그때 내가 영어 강사라고 그랬는데 영어 강사가 아니고 수학이랍니다, 수학 선생.…학원 강사 자리도 때려치우고 폐인이 된 겁니다. 얼마나 창피하겠어요. 거창한 결혼식에 예쁜 신부 얻었다고 다들 그랬는데, 신부가 도망갔으니… 그 아들 이름이 박준호입니다. 준호 그놈도 전에 애

인이 있었답니다. 애인이 예뻤대요. 서로 죽고 못 사는 사이로 꽤 오랫동안 사귀었는데 깨졌대요. 작은 오해가 있어서 깨졌는데 얼마 후, 그 여자는 다른 남자와 결혼을 했대요."

"어머! 저런, 어떡해…"

은미가 탄식했다.

송 선생은 찻잔을 응시하다 한 모금 마시고 이야기를 이어갔다

"그래서 그 준호란 놈이 상심이 컸나 봐요. 그 후 준호가 결혼을 안 하려고 버티는 바람에 박 선생이 속 꽤나 썩었는데…누군가가 이 여자를 소개해 줬는데 그놈이 이 여자를 보곤 혹한 거죠. 아주 예쁘잖아요. 옛날 애인한테 보란 듯이 결혼하려고 했던 건데, 그게 그냥 박살 났으니…. 그런데 거기서 끝난 게 아닙니다. 약을 먹었어요. 새벽에 박 선생 마누라가 아들 방에서 가래 끓는 소리가 나서 박 선생한테 알려서 박 선생은 문을 뜯고, 마누라는 119에 전화를 해서 구급차가 와 겨우 살렸답니다. 며칠 후 퇴원했는데, 또 약 먹을까 봐 부모들은 전전긍긍할 수밖에 없죠. 그 상태로 몇 달을 방안에만 처박혀있는 아들을 바라보는 박 선생 부부의 고통은 어떻겠어요? 그러다가 박 선생이 아이디어를 낸 거예요. 준호 사촌누이가 하와이에 사는데, 전화로 얘기를 다한 거예요. 준호보다 세 살 더 먹은 누나인데, 어렸을 때 준호가 잘 따르던 누나래요. 그 누나가 박 선생 얘기를 다 듣고 울면서, 준

호한테 오라고, 오라고 직접 전화로 설득해서 가게 된 거죠."

"아! 참! 기가 막히네요.… 그런데 아들 이름이 준호예요? 박준호?"

"박준호 맞아요, 아는 이름이에요? 그때 결혼식 청첩장에 있었는데… 아! 청첩장을 박 선생이 안 줘서… 그냥 내가 말로 했구나. 그래도 식장에서 봤잖아요?"

"식장에서야 뭐 이름 보나요, 그냥 제가 아는 사람하고 이름이 같아서요. 제가 아는 사람은 김준호에요."

은미의 기억 속에 숨어있던 김준호와 지연근이 작은 시차를 두고 떠올랐다.

'그들도 나한테 상처를 받았을까? 많이? 조금?…어떻게들 지내고 있을까?'

은미는 잠시 생각에 잠겼다가 송 선생의 질문에 현실로 돌아왔다.

"은미 씨!… 내가 왜? 이런 얘기를 은미 씨한테 하는지…짐작해요?"

"아뇨!… 왜요?"

"아! 좀…내가 오버 하는지는 모르겠는데, 어제 아침에 박 선생 배웅해주고 좀 늦게 왔다가 본의 아니게 은미 씨 뒤를 따라다닌 거 몰랐죠?"

은미가 멋쩍게 피식 웃으며 답했다.

"어제저녁에 카페 왔을 때 규환이가 말해서 알았어요. 깜짝 놀랐어요. 왜 그러셨어요?"

"미안해요.…저기서부터 여주 다리 직전까지…은미 씨 강가에 앉아 우는 것도 보았어요.…은미 씨, 미안해요.…"

"우는 것도요? 아이! 창피하게…아유 참!"

"그럴 생각은 없었는데 규환이가 어제저녁부터 이상하다면서 부탁같이 말하더라고요. 나더러 한번 만나 보래요. 지금 저 강 쪽으로 갔다고. 그래서 갔는데, 바로 만나보는 것은 아닌 것 같아서 둑에서 지켜보려고 했는데, 분위기가 심상찮은 거예요. 강물로 걸어 들어갈 것 같아서. …신발 벗어 옆에 놓은 게 어렴풋이 보였거든요. 정말 강으로 걸어 들어가면 …아! 나는 수영을 못하거든요."

"예? 호호호! 수영을 못해요? 그러니까, 제가 물에 빠져 죽을까 봐 걱정하신 게 아니고, 수영 못하시는 것을 걱정하신 거네요. 호호호"

"못해요. 못하니까 물로 걸어 들어가는 그 순간 뛰어가려고 슬금슬금 가까이까지 갔는데, 울음을 그치고 신발 신는 걸 보고 휴! 했죠. 그다음에도 계속 따라가다 마지막으로 택시를 타는 것까지 보고 집에 갔는데 잠이 안 오는 겁니다. 그래서 작심을 하고 이렇게 일찍 온 겁니다. 은미 씨!… 인생은 멀리서 보면 희극이고, 가까이서 보면 비극이라는 말이 있어요. 좀 멀리 보세요. 자신의 삶도 좀 떨어져서 보면 달라 보여요. 죽어야 풀릴 것 같은 고민거리도 좀 멀리서 보면 별것 아닐 수 있어요. …많은 사연이 있는 삶이야말로 풍성한 삶이고, 열심히 살고 있다는 증거입니다. 아무사연 없이 우아하게만 살다 죽으면, 그게 무슨 삶입니까? 단맛, 쓴맛, 매운맛 그리고 새콤한 맛까지 모든 맛을 골고루 맛보고 사는 삶이 진짜 삶이죠. 나는 젊어봤으니까 아는 겁니다."

"네, 고맙습니다. …송 선생님도 사연이 많으셨어요?"

"나라고 젊었을 때 우여곡절이 없었겠어요? …나도 자살을 구체적으로 설계한 적도 있었어요. 죽어야만 해결될 것 같은…거의 미치기 직전까지 갔던 것 같아요. 이제 생각해보면, 그렇게까지 괴로워할 만한 게 아녔던 거 같은데 …시간이 약이라는 말이 맞아요. 시간이 다 해결하더라고요. 이 지구상에 사는 사람들 중에 사연 없는 사람 없어요. 상황에 따라 자신을 바꾸는 것도 능력입니다. …준호도 지금 상황에 맞게 자신을 바꿔야 해요. 은미 씨도 무슨 사연이 있는진 모르겠지만, 자신의 기존 생각을 해체해버리고 다시 설정해서라도 자신에게 유리하도록 해보세요. …인생 대단한 것 같지요? 별거 아네요. 사랑도 지나고 보면 별거 아니고요."

은미는 집중해서 들었다. 진실로 고맙기도 하고, 죄송스럽기도 한 마음에 용기를 내어 밝게 웃으며 말했다.

"네, 고맙습니다. 그렇게 해 봐야지요. 어제 오후에 카페에 돌아왔더니 규환이가 말하더라고요. 송 선생님이 저를 멀리서 계속 지켜보셨다고. …택시 타는 것까지 보셨다니, 하루를 꼬박 저 때문에… 호호호! 죽고 싶어도 죽지도 못할 뻔했네요. 제가 죽긴 왜 죽어요? 그나저나 저 때문에 고생 많으셨네요. 저는 그것도 모르고, 에고! 저 때문에 잠도 못 주무시고, 제가 한턱 내야 되겠는데요. 박 선생님은 언제 오시죠? 오시면 자리 한번 만들까요?"

"아! 그럽시다. 아들은 좀 늦게 올 거 같고, 부부는 먼저 올 겁니다. …은미 씨, 힘내요. 다들 자기가 겪고 있는 고통이 제일 큰 줄 알고 있지만, 대부분 시간이 지나고 보면 다 하찮은 거예요. 그런 경험들이 쌓여서 성숙해지는 겁니다. 그리고 하하하!…나 수영 못해요."

"아! 수영이요? 호호호! … 수영, 이제라도 배우세요."

은미는 자신만 알고 있어야 하는 것을 들킨 부끄러움보다 온종일 자신을 지켜준 지극함에 대한 고마움이 앞섰다. 우연히 카페주인과 고객으로 만나 이런 보호까지 받고 걱정까지 해주는 송 선생에 대하여 무한한 신뢰를 느꼈다.

4

무심한 나날이 지나가며 시도 때도 없이 강우의 오열하던 모습이 떠올라 그때마다 울컥거렸다.

'오빠는 지금 어떻게 지내고 있을까?'

그동안의 수많았던 강우의 표정은 헤어지던 날의 처절한 오열모습 단 하나에 모두 묻혀버렸다. 지금도 오열하고 있을 것 같은 상상이 자꾸자꾸 떠올랐다.

'불쌍한 오빠!'

또다시 울컥하며 눈물이 솟아났다. 웬일인지 자신의 처지는 별로 생각나지 않았다.

카페에 울려 퍼지는 귀에 익은 음악들이 새삼스럽게 절절하게 가슴을 파고들었다. 좀 더 가벼운 곡을 선별해 봐도 마찬가지였다. 손님이 없을 때 음악을 꺼 보았다. 적막감에 강우의 오열하던 모습이 더 확연히 떠올라 다시 음악을 틀어야 했다.

책도 읽혀지지 않고, 식욕은 없는 게 아니라 아예 때를 기억하지 못했다. 멍한 상태로 그저 시도 때도 없이 눈물이 흘렀다. 그런 일상들이 기약도 없이 계속됐다.

박 선생은 하와이에서 아직 오지 않아서, 홀로 출근하는 송 선생을 대할 때는 상냥하고 명랑한 카페 여주인으로서의 역할을 홀

룡하게 연기했다. 송 선생은 흡족한 미소를 띠며 떠나갔고, 은미
는 멍한 모드로 돌아갔다. 가끔 송 선생의 조언대로 생각을 바꿔
보기도 했으나 결국 제자리로 돌아왔다.

　자신을 가늠하지 못하는 중에도 날짜는 지나갔고, 산은 녹음이
짙어갔다.
　규환이가 출근한 토요일 오후, 새삼스레 파사성을 오를 생각을
해냈다. 파사성을 오르며 맥락 없이 눈물이 솟았다. 연인나무에
대한 추억도 없고, 산성 돌담길에 특별한 추억도 없었는데, 가슴
이 메었다.
　정상에서 사방을 둘러보다 서울 쪽을 보며, 강우의 오열하던
모습을 떠올리곤 또 눈물이 솟아났다.
　'내가 지금 연극을 하고 있나?'
　자신이 연극의 여주인공 역할을 하고 있는 것 같아 피식거렸다.
　정상에 앉아 족히 한 시간은 머물렀다. 올라오는 사람들을 하
릴없이 관찰하거나, 먼 곳을 내려다보았으나, 아무 느낌이 없었
다. 그만 내려가야겠다고 생각하고 동문지 쪽으로 내려오다가 달
콤한 꽃냄새가 나 둘러보니 아카시아꽃이 하얗게 흐드러져 있다.
그제야 강우와 이곳에 왔을 때가 작년 이맘때쯤이었음을 기억해
냈다.

작년 이맘때쯤 시작된 사랑의 시작이 바로 요 밑 개미굴 앞에 앉아 뽀뽀를 하며 발동이 걸린 거라는 생각이 들자, 발걸음을 빨리해 개미굴을 찾았다. 있었다. 흙 알갱이들이 도넛 모양으로 소복하게 둘러 쌓여있었고, 가운데 작은 구멍으로 개미들은 부지런히 들락거리고 있었다. 개미굴 앞에 쪼그리고 앉아 개미들을 관찰했다.

결코 개미굴 관찰은 아니다. 그때 그 느낌을 다시 한번 느껴보기 위해서였다.

'이곳에서 나는 왜 느닷없이 오빠에게 뽀뽀를 했지?'

어렴풋이 생각나는 건 그때 그 순간, 매우 쫓기듯 갈급했었다는 것.

강우가 "나 유부남이야" 하고 말했을 때 "알아요" 했던 무모한 대답도 갈급했기 때문이었다. 오랜 갈급증을 풀어낼 절호의 기회라고 직감했었다. 놓치면 안 된다고 생각했었다.

'왜 나는 그토록 갈급증에 잡혀있었을까?'

은미는 다시 걸음을 옮겨 내려오다 나무 그늘에 앉아, 송 선생의 조언대로 자신을 다른 눈으로 살펴보아야 한다고 생각했고, 그렇게 했다. 오랫동안 자신을 객관화하여 현재의 상황을 정리해 보았다.

'한 여자로서 마땅히 섹스를 동반한 사랑을 할 만한 나이임에도, 과거 어렸을 때 당한 몹쓸 짓의 기억이 씻을 수 없는 트라우마로 남아 젊음을 외면하던 중, 어렵게 용기를 내어 감행한 두 번의 연애가 연이어 실패로 끝남으로, 몸과 마음이 몹시 피폐해져 있었다. 이때 꿈에도 그리던 첫사랑 남자의 출현으로 잠복하고 있던 사랑의 욕망이 들끓고 있을 때, 마침 최근접거리에 입술이 눈에 들어왔고, 그 기회를 본능이 제대로 알아차리고 과감히 돌진하여 그의 입술에 불을 붙였다. 그도 기다렸다는 듯이 응했고 점점 격렬해졌다. 이후 둘의 욕망은 도를 넘었고 섹스의 함정에 빠졌다. 세상에 태어나 처음 맛본 섹스의 절정감에 이성은 마비됐고, 오직 본능만으로 서로를 대하는 무아지경에 이르렀다. 시간이 지나며 자신의 행위가 결코 용납받을 수 있는 것이 아니라는 것을 알고 난감했으나, 지독한 섹스의 늪에서 헤어나지 못했다. 점점 불안감은 커져갔고, 예감대로 어느 날 갑자기 닥친 생이별의 충격으로 사고력을 상실한 상태' 라고 결론을 냈다.

결론을 냈다고 달라진 것은 없었다.

여전히 강우의 오열하던 모습은 떠올랐고, 울컥거림도 여전했다.

박 선생이 돌아왔다. 반가웠다.

송 선생과 박 선생은 그간 아무 일 없었던 것처럼 유쾌하게 하루를 시작하는 일상으로 돌아간 듯했다. 분명 송 선생은 박 선생네 이야기를 은미에게 털어놓았듯이, 은미와의 일도 박 선생에게 털어놓았을 것이다.

은미는 송 선생에게 약속한 대로 토요일 오후에 한턱 쏘기로 했다. 장소는 마땅한 곳을 모르겠으니 정해보라고 했더니, 지난번 갔던 이태리식당으로 하자고 해서 그렇게 정했다.

토요일을 하루 앞둔 금요일 오후, 경미한테서 전화가 왔다.

늘 밝은 경미지만, 남친이 생겨서인지 오늘은 더 하이 톤이다.

"은미야! 나 내일 너한테 갈게."

다짜고짜 경고하듯이 날아온 첫 마디에 강우가 떠오르며 가슴이 조여 왔다.

"웬일로!…무슨 일 있어? 갑자기."

"흐응! 우리 거시기 너한테 소개시켜 줄려고,… 콧바람도 쐬고 흐흐흐!"

은미는 가슴 조임이 풀어지는 것을 느끼곤 여유를 찾았다.

"아! 이 기집애, 좋아 죽네. 누굴 약 올리려고,…야! 그런데 내일 몇 시쯤?"

"오전이지 뭐, 왜? 다른 약속 있어?"

"아냐, 그럼 괜찮아. 저녁에 약속이 있어서…."

"저녁에? 누구랑? …은미야! 너도 남친 있지? 그때부터 있었잖아? 그런데 왜 나한테 숨겨? 이거! 이거! 수상해! …너도 혹시 유부남하고 그렇고 그런 거야?"

은미는 섬뜩했다. 그리고 의문이 튀어나왔다.

"그런 거 아냐! …야! 그리고 너도 라니? 누가 무슨 일 있었어?"

"아! 그거? …문숙이하고 정모 완전히 끝났어. 글쎄 정모가… 그 순둥이가 유부녀하고 바람이 났단다. 그것도 여섯 살이나 더 많은, 정확히 말하면 유부녀는 아니고 이혼녀지.…거꾸로 문숙이가 사정을 했는데도 정모가 그 여자가 더 좋다고, …미안하다고 하면서 다른 좋은 사람 만나라고 하더란다. 기가 막히지 않냐?"

"어머! 저런, …어떡해!"

"그래서 정모한테 내가 좀 만나자고 했더니, 계속 피하다가 며칠 전에 겨우 만났어. 그런데 완전히 빠졌더라고. …자기는 어려서부터 누나가 있었으면 했다면서, 너무 좋대. 참나 아이가 없어서. 글쎄 내 앞에서 그 여자 자랑 질을 하더라니, 벌써 살림을 차린 것 같더라고. 아! 그리고 강우 선배, 회사 때려 쳤어. 소문이 너무 퍼져서…사진까지 찍혔다니, 모텔로 들어가는 뒷모습하고 모텔 이름까지 같이 찍혔대. 왜들 그런 다냐? 나도 은근히 좀 걱정된다. 흐흐흐!"

은미는 다시 온몸이 와락 쪼그라드는 공포를 느꼈다. 겨우 탈출로를 찾아냈다.

"그래서 문숙이는 어떡하고 있어?"

"그냥 그러고 있지. 잘 됐대, 말은 잘 됐다고 그러는데 속이 속이겠니? 야! 은미야 내일 우리 그이 앞에선 이런 얘기하면 안 되는 거 알지?"

"우리 그이?…아이고 배야!"

"미안하다… 그럼 뭐라고 부르냐? 배 아프냐? 그럼 너도 만들어 유부남만 빼고."

계속된 경미의 천방지축 난사는 은미의 등줄기에 땀이 흐르게 했고, 끝났을 때는 끝났다는 해방감보다 뒷모습이 사진 찍혔다는 이야기에 혹시 앞모습도? 하는 상상에 사로잡혀 소름이 돋고 가슴이 벌렁거렸다. 죄책감도 밀려왔다.

'회사를 그만 두었으면 이젠 어떻게 하지? 아이가 둘이라며….'

오죽하면 회사까지 그만 두었을까? 생각하니 자신의 죄가 엄청나다는 걸 알았지만 아무것도 할 수 없음에 눈을 감고 가슴을 쳤다.

'아! 어떡하지? 어떡해! 정말 칵 죽어버릴까?…하아!'

숨이 막혀 답답하고 짜증이 나 흔적도 없이 사라지고 싶었다.

5

"어서 오세요. 반갑습니다. 경미 친구 이은미예요."

"네, 처음 뵙겠습니다. 권영록입니다."

경미의 남자는 예상했던 것보다 키가 많이 작았다. 자기 여자의 친구를 처음 대하는 것이 어색해서인지 첫인사를 나눈 후엔 웃기만 할 뿐 별말이 없었다.

"어머, 동안이시네요. 쟤가 나이가 많다고 해서, 아저씨 같은 분인 줄 알고 어떻게 대해야 하나 걱정했는데, 우리보다 더 어려 보여요. 그 왜 …미소년, 죄송해요. 진짜 피부까지 깨끗하셔서 진짜 미소년 같으세요. 김경미! 요거 눈이 보통 아닌데."

"야! 무슨!… 미소년? 목소리 듣고도 그런 말을 하니?"

경미는 펄쩍 뛰는 척했지만, 표정엔 뿌듯함이 그대로 드러났다. 경미의 남자친구는 당황한 중에도 부끄러운지 웃으며 짧게 말했다.

"내 목소리가 어때서?"

듣고 보니 중저음의 울리는 듯한 목소리로, 미소년과는 거리가 있었다. 인정해야 했다.

"호호호! 진짜 목소리는 미소년 아니네요. …그 대신 묵직해서 신뢰가 가는 목소리예요."

"어우! 야! …얘가 장사를 하더니 말솜씨가 엄청 늘었네. 신뢰가 가는 목소리?… 햐!"

경미가 어이없다는 듯이 눈도 입도 크게 벌리고 놀라며 큰 목소리로 감탄을 했다.

"흐흐흐! 야! 그럼 내 느낌대로 말하지, 네 느낌대로 말하냐? 그냥 내 느낌이야."

경미의 남자도 소리 없이 방긋 웃다가 카페를 둘러보더니, 말할 소재를 찾았는지 특유의 중저음으로 말했다.

"인테리어가 주인을 닮았네요.… 그런데 어떻게 여기에다 카페를 낼 생각을 했습니까?"

인테리어가 주인을 닮았다는 말을 들은 것은 처음이지만, 뒤물음은 익숙한 것이어서 좀 장황하게 설명했다. 경미의 남자는 귀담아듣는 것같이 고개를 끄덕였지만, 이미 경미에게서 들었는지 디테일한 질문은 없었다.

은미는 경미의 입에서 강우의 일이 튀어나올까 봐 걱정도 되면서, 한편으로는 궁금하기도 해서 마음을 졸였으나, 처음 카페에서는 물론 둘이 산성엘 다녀오고 셋이 같이 점심을 할 때도, 그리고 둘이 세종대왕릉을 찾아 떠나기까지, 일절 언급하지 않았다. 강우 얘기는 물론 문숙이 얘기도 하지 않았다. 강우나 문숙이같이 가까운 사람들의 치부를 드러내는 것은, 결코 누구에게도 득이 되지 않는다고 판단했음이다. 미리 경고까지 했던 경미다.

은미는 경미의 야무진 처신에 감탄하면서도, 강우의 일이 더더욱 궁금해졌다.

6

저녁엔 송 선생과 박 선생에게 약속한 대로 그 이태리식당에 마주 앉았다.

지난해 이맘때쯤 이곳에 오고 일 년 만이라 실내는 좀 달라진 것 같은데, 밖의 정경은 여전히 아련했던 그때의 느낌을 떠오르게 했다.

"여전히 좋네요."

"그렇죠. 지금도 낮엔 좀… 하긴, 우린 밤에만 오면 되니까."

박 선생이 웃으며 말했다.

은미는 박 선생의 웃음이 전후 사정을 알아서인지 공허하게 느껴졌다.

지난번과 같이 세트메뉴와 와인을 주문했다. 와인 잔을 몇 번 부딪치고 나서, 송 선생이 차분히 말했다.

"은미 씨, 좀 미안한 얘기지만…지난번 은미 씨 일을 여기 이 박 선생한테 다 얘기했어요. 둘이 같이 있다 보니 입이 근지러워서…그냥 뭔가는 도와주어야 할 것 같은데, 뭔 일인지도 모르겠고 답답해서 박 선생하고 머리를 맞대봤지만 뭔지를 알아야지…. 은미 씨, 뭔 일이 있었던 겁니까? 어렵겠지만 얘기해보세요. 우리는 그 시절을 다 겪은 세대 아닙니까? 같이 고민해보면 방법이 생길 수도 있어요."

은미는 웃으며 듣다가 침울한 표정을 짓곤 다시 웃으며 고개를 끄덕였다.

"참! …별일 아녜요."

은미는 잠시 생각을 했다.

"얘기해보세요. 괜찮아요."

송 선생이 한 번 더 다그쳤고, 박 선생도 동의하듯 고개를 끄덕였다.

"참!… 별일 아니라니까요.…가족사예요."

"가족사요?…가족이 있었어요? 혼자라고 한 것 같은데."

"네! 중학교 3학년부터 혼자 살았으니까요. …그때 엄마가 재가했어요."

"아!…중3이면 한참 예민한 나인데, 그때부터 지금까지…아버지는? 친아버지는 어떻게…."

은미는 찜찜했지만 아예 그쪽으로 몰아가기로 결심했다.

"아빠는 제가 초등학교에 들어가던 해에 심장병으로 갑자기 돌아가셨고, 엄마는 제가 중3 때 재혼했는데, 저 때문에 많이 망설이는 걸 제가 등 떠밀어 보내드렸습니다. 엄마는 물론이고 새아빠도 같이 살자고 했는데 제가 반대했어요. 새아빠에게도 아이가 둘이나 있었거든요. 아마 없었더라도 저는 따로 살았을 거예요. 전 그게 친아빠에게 대한 도리라고 생각했거든요. 그런데 몇 달 전, 엄마가 아프다고 연락이 온 거예요. 가봤더니 너무 늙고 마르신 거예요.…당뇨에 합병증이 온 거라 어렵다고 하더라고요. 그러다가 지난 얼마 전에 돌아가셨어요."

두 선생은 집중해서 듣다가 허탈한 표정을 지었다.

"아이고! 아!… 그래서 엄마, 엄마를 부르며 울었구나!"

송 선생이 고개를 끄덕이며 혼잣말같이 말했다.

"예? 제가 엄마 부르는 걸 들으셨다고요?…멀리 있었다면서요?"

"아! 강으로 걸어 들어가면 쫓아가 잡아야 하는데 멀리 있으면 됩니까?"

"아! 호호호!… 제가 그렇게 위태위태해 보였어요?"

"아! 지금은 웃고 있지만… 그땐 정말 강물로 뛰어들까 봐 바짝 긴장했다니까요."

"수영을 못해서가 아니고요? 호호호…이제라도 수영 배우세요. 호호호!"

그러자 박 선생이 끼어들었다.

"아이고! 쯔쯔…그래 장례식은 잘 치렀어요? 가슴이 많이 아프겠어요."

"네,…저야 그냥 한쪽 구석에서 울기만 했지요. 나서기가 그렇잖아요?"

"하긴 그래서… 아무도 없는 강가에서 마음 놓고 통곡 한번 제대로 한 거네요. 잘했어요. 이 친구 그것도 모르고…아! 이 친구 그날 고생 좀 했나 보더라고요. 밤엔 잠도 못 잤대요."

"그러게요. 정말 죄송하고, 고맙고 그래요. 저를 걱정해주시는 두 분께 진심으로 감사하게 생각합니다. 감사합니다."

은미는 아예 일어서서 고개 숙여 인사를 하며, 장난스럽게 한마디 더 했다.

"두 분 때문에 함부로 죽지도 못하겠어요."

"하하하…아! 이게 웃으면 안 되는 건데…은미 씨! 차차 나아질 겁니다. 자 한잔합시다."

은미는 스스럼없이 나오는 자신의 임기응변에 놀라면서도 차마 강우와의 일을 두 선생에게 풀어놓을 수는 없어서 재가한 후 10년도 안 돼서 당뇨 합병증으로 죽은 엄마까지 끌어들여 상황을 모면했으니, 은미의 마음도 편치 못하고 뒤숭숭했다.

자신이 거짓말에 재주가 있음을 새삼스레 알아차리고 씁쓸했다.

두 선생과 헤어져 주차장에서 카페로 오르는데, 휴대폰 진동이 울렸다. 문득 강우의 모습을 떠올리며 황급히 창을 열었다. 경미였다.

"어, 경미야! 잘 갔어?"

"응, 야! 너 목소리가 이상하다.…술 마셨냐?"

"응, 쬐끔."

"야! 이거 술꾼 됐네."

"쪼끔 했다니까,…네 남친 어떻더냐고 물어보려고 전화했지? 그렇지?"

"어쭈! 술 안 취했네…야! 어때? 키가 너무 작지?"

"야! 이 지지배야! 키 뜯어 먹고 살 거니? 그리고 그렇게 작지도 않더구먼, 너보다는 한참 크더구먼. 게다가 덩치가 있어서 작게 보이지 않던데, 난 네가 많이 작다고 해서 엄청 작은 줄 알았어. 그리고 원래 그렇게 점잖은 사람이냐? 카리스마가 있어 보이던데. 하여튼 꽉 잡아. 요 지지배 제법이야, 오늘 보니까 얌전떠는 게 아주 요조숙녀던데, 앞으로도 그렇게만 해! 까불어 치지 말고."

경미는 가만히 듣고만 있다가 툭 치고나왔다.

"야! 이은미, 너 나 듣기 좋으라고 그러는 거지?"

"아냐! 이게 누굴 뭐로 보고,…너보단 백배 낫더라. 이게 은근히 재주가 있다니까."

"진짜 괜찮아?"

"그래, 너보다 훨 낫다니까, 놓치지 말고 잘 잡아."

"그래?…정말이지? 알았어. 그리고 나 아까 너한테 말 안 했는데, 강우 선배 말이야, 나한테 만나자고 연락이 왔더라고,…주변에 말할 사람이 없나 봐. 그래서 나한테 연락한 거겠지. 그래도 내가 편한가 봐. 많이 말랐더라. 아예 인물이 달라 보일 정도로 말랐더라고… 제주도로 가족여행 떠난다고 하는데 그게 여행이겠니? 새롭게 어떻게 해보려고 하는 거지… 애기들도 같이 펜션을 얻어서 한 달 정도 있을 거래."

"아! 그래?…"

"갔다 와서 와이프가 옷가게를 할 거래. 와이프가 굉장히 활동적이고 그쪽으로 아는 사람이 많대. 수완도 좋은가 봐. 강우 선배풀이 많이 죽었어. 안 됐더라. 그러니까 왜 바람은 펴?…마누라도 날씬하고 예쁘기만 하드만… 그리고 야! 문숙이한테 전화해서 놀러 오라고 해서 위로 좀 해줘라, 친구 좋다는 게 뭐니?…문숙이한테 정모가 다시 돌아와도 받아주지 말라고 해. 나도 문숙이한테 절대 받아주지 말라고 그랬어, 알았지?"

"알았어, 언니… 그럴게."

7

강우네 가족이 제주도에서 한 달 정도 있을 거란 경미의 전언에 얄궂은 심사가 들고일어났다. 무사히 끝내게 되겠구나 하는 안도와 이젠 정말 끝났구나 하는 허탈감과 또 다른 감정이 슬그머니 고개를 쳐들었다. 개운치 않은 것이 있었다.

그동안 있었던 위태로움을 깨끗이 씻어버리고, 새롭게 출발하기 위한 제주 여행은 참으로 다행스럽고 잘된 일이라고 생각을 하면서도 마음은 알 수가 없었다.

시간이 지나면서 앙금의 실체가 그림으로 드러났다.

머리를 흔들어 떨쳐 버리려고 했으나 눈앞에 그려지는 영상이 점점 구체적으로 그려지며 잠을 이루기가 쉽지 않았다.

벌거벗은 강우와 역시 벌거벗은 날씬한 여자의 격렬한 몸짓, 거친 숨소리, 그리고 강우의 일그러진 얼굴과 땀방울, 이불을 박차고 일어났다. 괴로웠다.

창을 열고 하늘을 보았다. 양 끝이 날카로운 그믐달이 구름 사이를 위태롭게 저어가고 있었다. 큰 숨을 몇 번이고 계속해서 쉬었다.

'현실을 직시하자! 제발!…나여!…나여!'

오래전에 잊었던 기도를 기억해내곤 망설였으나, 이내 바닥에 무릎을 꿇고 이마를 조아렸다. 주기도문을 소리 내어 외울까 하다가 소리낼 엄두가 나지 않았다.

'죄인입니다. 불쌍히 여겨주시옵소서'

'죄인입니다. 불쌍히 여겨주시옵소서'

'죄인입니다. 불쌍히 여겨주시옵소서'

소리 없는 반복 기도에 가슴이 트이는 것 같았다. 그 상태를 유지했다. 얼마 후 오른쪽 발이 저려 와서 자세를 풀었다. 다시 일어나 창가에 서 있다가 한기를 느끼고 이불 속으로 들어갔다. 이젠 됐다고 생각하자마자 순식간에 그 땀투성이 영상은 또다시 나타나 은미를 힘들게 했다.

'이 판국에 질투라니!… 참!… 나도 꽤나 못났다.'

이튿날 아침 송 선생과 박 선생이 작은 보따리를 들고 들어왔다.

"거봐, 은미 씨 얼굴이 많이 부었잖아…내 이럴 줄 알았다니까."

송 선생이 의기양양하게 말했고 이어서 박 선생이 말했다.

"어우 그러네… 은미 씨, 이 친구가 은미 씨 먹으라고 콩나물

해장국을 사 왔어요. 나는 안 사 주고 은미 씨 것만 사 왔대요."

"네엣?…해장국을요?"

은미는 잠을 설쳐 부스스한 얼굴에 함박웃음을 지으며 놀라워
했다.

"어우, 이 친구, 오늘 은미 씨한테 제대로 점수 따게 생겼네.…
난 생각도 못했는데…."

"저도요. 정말 서프라이즈입니다. …고맙습니다. 박 선생님 같
이 드시면 되죠."

빙긋이 웃으며 듣고만 있던 송 선생이 두 손을 휘저으며 나섰다.

"그건 안 되지. 그러면 내 점수가 반으로 깎이는데, 안 되지. 박
선생은 가다가 혼자 사 먹어! 하하하! 그래그래, 내가 사 줄게…
삐지면 안 되니까."

"아!…정말 삐질 뻔했네! 하하하!"

은미는 간밤의 괴로움을 잠시나마 두 선생의 호의로 잊을 수
있었다.

송 선생은 마지막 말까지 은미를 감동케 했다.

"어이! 박 선생! 우리 빨리 커피 마시고 가자고. 우리가 가야 은
미 씨가 이거 먹지.… 우리가 있으면 혼자 먹기가 좀 그렇지. 은미
씨! 이거 데우지 않아도 돼요, 식지 않게 비닐 두 겹으로 싸 왔으
니까 데우지 않아도 될 겁니다."

두 사람은 뜨거운 커피를 후후 불어가며 마시고 감동은 남긴 채 가벼운 발걸음으로 떠나갔다.

은미는 그들이 주차장에 이를 때까지 망연히 내려다보았다.

이윽고 그들의 자동차가 주차장을 나서는 것을 보고 해장국 보따리를 풀어 먹기 시작했다.

은미는 적잖이 놀랐다. 콩나물 해장국이 입맛에 딱 맞았다.

사실 은미는 해장국을 먹어본 적이 없었다. 해장국 집 자체를 가본 적도 없었고, 왠지 퀴퀴할 것만 같아서 애써 외면했었다. 특히 선지해장국이라는 이름에 혐오감을 갖고 있었다.

'이야! 괜찮네. 콩나물해장국…다음엔 다른 것도 먹어 봐?…'

규환이가 오고 은미는 2층으로 올라가 양치질을 하는데 휴대폰 진동이 인다.

양치질 때문에 얼른 받지 못하고, 대충 물 헹굼을 하고 휴대폰 창을 열었다.

강우다. 순간 멘붕 상태가 되었다.

"어?…"

지속적으로 진동은 울렸고, 은미는 어찌할 바를 몰라 지켜만 보았다.

진동이 멈췄다. 하염없이 화면을 들여다보다 변함이 없자 조용히 내려놓았다.

'무슨 일이지?…또 무슨 변수가 생겼나?'

전혀 예상하지 못했던 사태에 생각이 뒤죽박죽이다.

'제주도로 간다고 하더니…무슨 일이 생겼나?'

그때 다시 진동이 울렸다. 역시 강우였다.

도리 없이 통화 버튼을 눌렀다.

"…"

말이 없다. 은미도 침묵을 지켰다.

"하아!…"

한참 동안의 침묵 끝에 들려온 한숨 소리다. 은미도 소리 없이 한숨을 쉬었다. 그리고 기다렸다.

"잘 지냈어?…"

그 목소리다. 은미는 여전히 침묵을 지켰다.

"…"

강우도 다시 침묵이다. 은미는 흔들리는 마음을 진정시키며 말했다.

"웬일이세요?…"

"…"

또 답이 없다. 은미는 슬그머니 화가 날 듯했다.

"전화를 거셨으면 … 무슨 일이에요?"

"좀 …만나자!"

"…"

이번엔 은미가 답을 못했다. 한참 후에 말을 밀어냈다.

"왜요?"

"좀…만나! 할 말이 있어…어려워?"

"전화로 해요,… 무슨 일 있어요?"

"그렇게 어려워?…"

"아니 어려운 건 아니지만…새삼스럽게 …영문을 알아야지요."

"만나서 얘기할게…지금 그쪽으로 출발할게."

"아녜요.…오지마세요. 저 안 나가요."

"…"

답이 끊겼다. 긴 한숨 소리만 들렸다.

"얘기 끝났으면 끊을게요."

은미의 말이 떨어지자 말자 강우가 단호하게 말했다.

"만나! 우리 얘기야!…만나서 얘기해보자. 네 얘기를 듣고 싶어!"

"우리 얘기요? 우리 얘긴 끝났잖아요?"

"아냐, 아직 안 끝났어.…지금 출발할게…나와 줘라. 출발한다."

"아!… 왜요?"

은미가 다그치듯 묻자 강우도 마주치고 나왔다.

"만나서 얘기 좀 하자는데…."

"무슨 얘기를 해요?…정말…."

"…"

강우의 숨소리가 거칠게 들려왔다.

"아! 알았어요. …나갈게요. 거기로 가면 되죠?"

"그래, 고마워. …응, 거기서 보자고…천천히 나와."

은미는 내키지 않았지만 어쩔 수 없이 대답을 하고 전화를 끊었다.

의자에 앉아 생각을 해보았지만 전화의 의미는 짐작조차 되지 않았다.

'끝나지 않은 우리 얘기? …그게 뭐지?'

다시 시작하자는 것은 아닐 것이다. 아니 그것은 내가 거부한다. 확고하다. 또다시 늪에서 허우적거리고 싶지 않다.

'안 끝났다고?… 무슨 소리야?'

께름칙한 마음을 추스르며 운전을 해서 양평에 도착하여 칭기즈칸 앞에 주차하고 기다렸다.

마치 배짱이라도 부리는 것같이, 늦게 도착하여 기다리게 한다는 느낌을 주지 않기 위해 서둘러 왔기 때문에 시간적 여유가 있었다.

　마음을 가라앉히기 위해 음악을 골라 들었다. 언젠가 배미향의 저녁 방송에서 들었던 끌로드 최의 연주곡 'Love is Just a Dream' 이다. 평화롭게 흐르는 냇물처럼 감싸듯이 음악이 흐르자 마음도 차분해졌다. 끊일 듯 끊일 듯 이어지는 긴 연주는 잔잔히 흐르며 말했다. 모든 것을 잊으라고, 모든 것은 흐른다고. 제발 두 번 다시 빠져들지 말라고.

　연주는 솔바람같이 머리를 어루만지며 긴 여운을 남기고 서서히 스러져갔다.

　은미는 실눈을 뜨고 앞을 보았다.

　'정신 똑바로 차리자.'

　얼마 후 눈에 익은 자동차가 다가와 골목에 주차를 하고 강우가 내렸다.

　은미도 차 문을 열고 내렸다.

　"오빠!"

　순간 강우가 뒤돌아보며 흠칫했으나 이내 반가운 표정을 지으며 말했다.

　"어! 벌써 왔어?···오랜만이야!"

　아직도 깡마른 얼굴 그대로였다.

은미는 미소를 만들지 않았다.

"네…"

강우는 좀 당황스러웠는지 잠시 말을 잊었다가 생각난 듯이 말했다.

"일단 밥 먹으러 가자."

"아니,…식당 말고요 다른 데로."

"아! 그럴까? 그럼 어디로 다른 식당으로?… 아직 점심 안 먹었지?"

"아니, 밥 안 먹고 싶어요.…어디 공원 같은 곳….."

은미의 말이 단호하게 나왔고, 강우도 느꼈는지 말을 못하다가 한참 후에 겨우 말했다.

"밥, 안 한다고? 공원 같은 곳? 여기는 내가 잘 모르지…그럼 내 차 타고 밖으로 돌아볼까?"

"그러죠.…오빠 차 말고 내 차로 가요."

"그건 왜?"

"오빠 차에 내 화장품 냄새나요…내 차는 상관없으니까, 내 차로 가요."

강우는 체념한 듯 끄덕였다.

은미는 강우를 옆자리에 태우지 않고 뒷자리에 타라고 할까 하다가 그냥 옆자리에 타도록 했다. 강우는 은미의 태도에서 완강함을 느꼈는지 맥이 풀린 모습이다.

은미는 자신이 필요 이상으로 딱딱하게 굴었다고 느끼고 미안한 마음이 들었다.

일단 중미산 쪽으로 방향을 잡았다. 은미도 강우도 먼저 말을 하지 않았다.

풀이 죽은 강우를 마냥 귀머거리로 만들 수는 없었다.

"조기 가다 보면 '사나사'라는 절이 있는데 그쪽으로 들어가면 계곡물도 있고 조용한 데가 있을 거예요.… 그동안 잘 지냈어요?…미안해요 너무 딱딱하게 굴어서…."

은미는 말은 그렇게 했지만 표정은 풀지 않았다.

"후!…예상은 했지만…그만두자, 돌아가자. 나 그냥 돌아갈게. 오늘일 없던 거로 하자. 적당한 데서 차 돌려, 미안하다."

은미는 당황했다. 강우의 반응이 이 정도일 줄은 몰랐다.

"미안해요, 사과할게요. 여기 오기까지 많이 망설였을 텐데…. 미안해요, 기왕 왔으니까 할 얘기는 하고 가요. 나도 궁금하잖아요.… 거의 다 왔어요."

"얘기 하나마나일 것 같으니까 그렇지…나만 미친놈 될 것 같아서 그래…어떻게 그렇게 냉정하냐? 확실히 여자들이 더 독한 거 같다."

은미는 대답을 하지 않았다. 대답 대신 반성을 했다. 그래도 한

때는 연인으로 알몸뚱이를 부비며 탐하고 끔찍이도 사랑했던 사람이었는데, 이제 가냘픈 사람이 되어 무언가를 애원하고 있는데, 나는 왜 이렇게 모질게 대하고 있나? 라고 생각하니 서글퍼졌다.

눈물이 솟아나 시야가 가려져 운전이 어려웠지만 무사히 주차장에 도착했다.

"저 길로 쭈욱 가면 사나사라는 절이 있어요. 저기 보이는 모퉁이를 돌면 좀 넓은 곳이 나와요. 여름철엔 깨끗한 계곡물이 흐르니까 유원지같이 사람들이 많이 와요. 거기 가면 조용하고⋯ 벤치도 있을 거예요."

은미가 마음을 누그러뜨리고 차분하게 말하자 강우도 한결 가벼워진 것 같았다.

"나 여기 잘 알아⋯그전에 윤후명 작가의 『나비의 전설』이라는 소설을 읽었는데, 그 소설 내용의 무대가 바로 이 길이었어. 그래서 여기 일부러 찾아왔었어.⋯내용은 다 잊어버려서 모르겠고. 그나저나 그동안 나 많이 원망했니?"

"원망이요?⋯아니요, 원망은 무슨 아! 제가 미안하지요. 그런데 끝났는데⋯또 만나는 게 겁나잖아요. 오빠도 괴로워하고, 회사도 그만뒀다면서요? 경미한테 다 들었어요. 어떡해요? ⋯다 제 잘못이에요."

말이 엉켜서 제대로 나오지 않았다.

"왜 네 잘못이니? 몇 살이라도 더 먹은 내가 잘못이지…그런 얘기 하지 말고 우리 얘기를 심도 있게 해 봤으면 한다.…아픈 덴 없니?

"네,…아프긴 오빠가 많이 아픈 것 같은데 괜찮아요?

"응, 잠을 못자서 그렇지 아픈 덴 없어."

그럭저럭 말을 이어가며 '사나사' 길을 천천히 걸어 올라갔다. 둘이 걸으며 팔짱도 끼지 않고, 손도 잡지 않고 걸으니 어색했다. 어색함은 어쩔 수 없어 견디며 걸었다.

강우가 어렵사리 손을 잡으려 했으나 은미가 웃으며 손을 뒷짐을 지며 피했다. 서로 마주 보며 어설픈 미소로 지나치면서도 은미는 진심으로 미안한 마음이 들었다.

한여름엔 많은 사람들이 오겠지만 지금은 맑은 계곡 물소리만 무심하게 들릴 뿐이다.

모퉁이를 돌아서자 아무도 없는 빈 공터가 있었고, 마침 등받이가 없는 긴 나무의자가 눈에 띄었다. 나란히 앉았다. 둘은 잠시 주변을 살피며 숨 고르기를 했다.

은미는 강우의 말을 기다렸다.

강우는 한참을 묵묵히 있다가 슬며시 은미의 손을 더듬어 잡았다. 이번엔 빼지 않았다. 지켜만 보았다. 강우는 조금은 안도하는 듯이 긴 숨을 내쉬며 말을 시작했다.

"이은미!…얘기는 해야겠는데 두렵다.…사실 이 얘기를 어떻게 할 것인가 많이 생각했었다. 결론을 먼저 말할 것인가 아니면 처음부터 차분하게 말할 것인가, 많이 망설였었다. 그래서 결론을 먼저 말하기로 하고 여기 왔는데, 지금은 둘 다 부질없는 짓이 될 것 같다는 생각이 든다. 그래도, 그래도 말이다. 말을 않고 가면 너도 궁금하겠지만 나도 두고두고 후회할 것 같아서 말은 해야겠다. 듣고 부디 나쁘게만 생각하지 말고, 진지하게 생각해주고 이해만이라도 해주기 바란다.…그렇게 해줄래?"

은미는 강우의 말이 거창하게 느껴져 고개만 끄덕였다.

강우는 큼큼거리며 목을 가다듬고 얘기를 이어갔다.

"옛날 너와의 첫 번째 사랑에 실패한 후, 트라우마로 여자에게 접근을 못하고 있었을 때 우리 지금 집사람과 사내 커플같이 되었지만, 프러포즈를 못해 결국 우리 집사람 조진희가 먼저 프러포즈해서 결혼했다는 것은 지난번에 얘기해서 알고 있지? 그런데 사실은 그 조진희보다 내가 더 좋아하는 여자가 같은 사내에 있었어. 그 여자도 분명히 나를 좋아했었고. 그런데 그 여자에게 내가 고백을 못하고 있었고, 그 여자도 내게 먼저 못했어. 내가 먼저 자기에게 고백해주기를 바랐던 거지. 이건 추측이 아니고 나중에 그 여자에게서 직접들은 얘기야. 술이 약간 들어간 상태였지만,… 우리 집사람 조진희가 먼저 눈치를 채고 선수를 친 거야.

나는 집사람도 좋아했었으니까 받아들였고, 공식적인 커플이 된 거지. 그렇게 결혼을 했는데, 겉으로는 아무 문제없었지만 실은 문제가 있었어. 듣기 민망하겠지만 …처음부터 아내와 섹스가 맞지 않았어. 아! 말하기가 좀 …그냥 할게. 아내는 섹스의 주도권을 쥐고 자기가 리드를 하려고 해. 하려고가 아니고 실제로 리드를 해. 나는 시키는 대로 해야 하는 입장이 되는 거지. 그러니 제대로 되지도 않고 죽을 맛이지. 그것은 아내도 마찬가지일 거야. 실제로 불만을 말하더라고. 그러면서 뭐, 흥! 서로 대화를 해서 해결해야 된대. 맞는 말이지. 그런데 그 대화라는 게 자신의 불만만 늘어놓는 거야. 마치 나를 성불구자 취급을 하는 거야. …솔직히 막말로 남자는 그냥 맹탕 아무 때나 벌떡벌떡 발기가 되니? 그리고 그게 마냥 그대로 서 있느냐 말이야. 아내가 리드를 하려고 하면 발기됐던 것도 죽어버리는데, 은미! 이은미!… 네가 보기에 내가 성불구자냐? 우리는 솔직히 너무 잘 맞았잖아. 너는 처음이니까 더 그랬는지 모르지만, 내가 이끄는 대로 다 따라주었잖아. 그러니까 나도 좋고,…자꾸 새로운 것도 시도하게 되고. 우스운 얘기 같지만…연구를 하게 되더라고. 그리고 연구를 하게 되면 그때부터 벌써 마음이 충만해지는 거야…충만? 이런 표현이 맞는지 모르지만 좌우지간 그랬어. 내가 왜 이런 말을 하느냐 하면… 흠, 흠,…이혼을 할까 해.…이대로는 도저히 못살 것 같아. 그래서….”

“잠깐! 이혼이요?…오빠! 아!…이 오빠가 정말 어떻게 됐나?”

은미가 더 이상 못 들어 주겠다는 듯이 손을 빼며 날카롭게 말했다.

강우는 은미의 역습에 잠시 당황한 듯했으나 곧 반격에 나섰다.

“그래! …네가 그렇게 나올 줄 알고 있었어. 말이 안 되지. 아이가 둘씩이나 있는데 그래서!… 그래서 내가 지금껏 고민 고민하다가 이제 온 거야. 아내한테 말했어, 이대로는 살 수 없다고.”

“오빠! 지금 무슨 얘기를 하고 있는 거야?…나 더 이상 안 들을래요. 이혼?…자신의 섹스 행복을 위해서 가족을 해체하겠다고요? 오빠! 정신 차려요, 제발!”

“이은미! 내 얘기를 다 듣고 얘기해! …내가 이런 생각 저런 생각 다 안 해보고 이러는 것 같니? 골백번도 더 생각한 끝에 너를 찾아온 거야. 내가 오직 섹스 하나 때문에 이혼까지 생각하겠니? 섹스도 자기가 주도권을 잡으려는 여자가 다른 것은 오죽하겠니? …자신이 결정하지 않은 일은 다 못 믿는 타입이야. 아이들 일이나 가정일은 그럴 수 있다고 쳐도 시댁에 관한 일이라든가 심지어는 내 회사생활까지 시시콜콜 참견하고, 참견 정도가 아니라 지시를 내린다고. 자기가 다니던 회사니까 잘 안다는 이유로 박 부장한테는 이렇게 해라, 정 차장한테 밉보이면 안 된다, 여자

직원 누구누구하고는 입이 싸니까 차도 마시면 안 된다 등등. 지시만 하는 게 아니라 옛날 자기 동료들한테 전화해서 나에 대해서 캐묻고 이렇게 저렇게 감시하고 참견하고 …하긴 그러다 우리 일도 눈치채게 된 거지…여하튼 너무 힘들어. …웬만해야 참고 살지. 이건 남자를 바보로 만드는 거야."

"그만! 오빠!…나 더 안 듣고 싶어요."

은미는 그만 일어섰다. 괜히 만났다는 생각이 들었다.

강우가 은미를 잡아 억지로 앉히려 했으나 완강하게 거부하다가 뒤늦게 스스로 앉았다.

"그래, 듣기 거북하지? 그래도 좀 더 들어 줘, 미안하다."

강우의 목소리가 푹 꺼지며 애걸하는 투가 되었다.

은미는 먼 곳에 시선을 두고 이 시간이 빨리 지나가기를 바랐다.

"미안하다. 마저 얘기할게… 내가 너와 한창 불이 붙었을 때 내가 의심스러웠겠지. 여자들은 예민하잖아. 그래도 그렇지, 애 하나는 들쳐 업고 하나는 걸리고, 휴!…한 번밖에 못 본 남편 후배한테 찾아가서 꼬치꼬치 캐물었다는 거, 애들한테 들어서 알고 있지? 동욱이를…동욱이가 보냈던 결혼 청첩장을 들고 예식장을 찾아가 전화번호를 캐물어서 동욱이한테 왔더란다. 질리지 않냐? 동욱이도 나한테 말은 안 했지만 좀 질렸나 보더라. 그렇지 않겠어? 무슨 죄지은 사람같이…동욱이가 다 알면서 숨기는 것처럼 캐물었으니, 마치 동욱이가 공범이라도 되는 것처럼…얼마나 황당했겠냐고, 물론 내 죄가 크지. 그래도 그렇지, 너무하잖아… 내가 감당이 안 돼."

"오빠! 그래!…무슨 말인지 이해는 돼. 그래도 그런 일도 따지고 보면, 가정을 지키기 위해서 그런 거잖아. 남편이 잘못된 것 같으니까 그걸 바로잡기 위해서. 그렇게 하고 싶겠어?…남편 후배를 그것도 잘 모르는 남편 후배를 찾아가고 싶었겠냐고? …오빠는 남편으로서 누구를 탓할 자격이 없어. 나도 나쁜 년이고… 내가 진짜."

강우는 잠시 말을 끊고 물끄러미 은미의 얼굴을 보았다.

은미는 외면하고 딴 곳을 보았다.

"은미야! 이은미! …너까지 왜 그러니? 나 좀 봐봐. 너는 내가 불쌍하지도 않니? …내일부터 한 달 동안 제주도에서 지내잔다. 싫다고 했어. 여행 계획도, 비행기 표도, 펜션도, 그곳에서의 일정 계획도, 다 자기가 짰어. 내 의견 같은 건 아예 없어. 그냥 따라오기만 하래. …심기일전해서 다시 시작해 보재…뭘 다시 시작해, 똑같지. 그 성격이나 내 성격이나 변하겠니? 나는 여전히 이리저리 치일 거고. 아예 미리 말하더라고, 갔다 와서 자기가 옷 가게를 할 테니 당분간 집에 있으란다. 그게 무슨 말이겠니? 그게 무슨 심기일전해서 새 출발하는 거냐고. 남편을 바보천치로 만드는 거지.…저 사람과 계속 살면, 나는 남편 구실은 물론 사람 구실도 못하고 아빠 구실도 못해. 그냥 폐인 신세가 되고 말거라는 생각이 들어. …이은미! 나 좀 살려줘라, 이혼하고 …우리 결혼하자!"

"네? 결혼! …이 오빠가 정말 미쳤나? 아니! 그걸 말이라고 해요?"

"왜 안 돼?…남들은 이혼도 잘하고 재혼도 잘하는데 우리는 안 된다고?"

"안 되지요. 제가요!…제가요! 절대 안 해요.…내가 잘못했어요. 나를 야단치고 오빠! 미안해요. 진짜 그건 안 돼요, 오빠 가정 파괴하면 안 돼. 애기들 생각하세요. 제발 애기들을 오빠!"

황당한 얘기에 온전한 생각을 할 새도 없이 나오는 대로 쏟아 놓았다.

은미의 완강한 저항에 강우는 먼 곳을 보며 침묵을 지키다 차분하게 저음으로 말했다.

"그러지 않아도 애들 때문에 지금껏 망설인 거야.…가슴 아프지. 그렇지만 애들 인생도 중요하지만 내 인생도 중요하잖아. 이은미! 놀랐지? 내가 전화한 것부터…많이 놀랐지? 이런 얘기까지 나올 줄은 예상 못 했을 테고.…강요는 않을게. 이렇게 해주면 고맙겠어. 오늘 네 말대로 말도 되지 않는 제안 같지만, 일주일 정도만 진지하게 생각해줄래?…일주일 후쯤에 전화할게. 그때도 네가 싫다면…그대로 받아들일게. 그냥 무조건 내치지 말고 진짜로 진지하게 생각해줘. 일주일 후쯤 전화할게."

은미는 난감한 중에도 무조건 내치는 것만이 상책일 순 없다고 생각했다.

"오빠! …난 정말 좋은 추억, 아름다운 추억으로 남길 바랬는데 이렇게 되면…아! 정말 속상해…말이 돼야 생각을 해보지…."

"네가 이런 제안을 예상 못 했기 때문에 황당해 보이는 거야. 차분하게 일주일 정도만 생각해줘. 그때쯤 전화할게."

"좋아! 오빠 말대로 생각은 해볼게,…그럼 일주일 후에 오빠가 전화했을 때 내가 받지 않으면 그게 내 대답인 줄 아세요.… 생각은 해본다고요, 알았죠?"

강우는 매우 낙담한 표정으로 머리를 긁적이며 눈길을 아래를 향한 채 말했다.

"하아!…은미야! 좀 진지하게…진짜로 진지하게 생각해줘라. 나 죽겠다."

"네! 진지하게 생각할게요.…알았어요. 오빠! 힘 좀 내! 보기 민망해."

"알았어.… 전화할게."

강우를 다시 태우고 양평으로 가면서 운전하는 자신을 살피는 강우의 눈길을 알았으나 애써 모른척했다. 마음속에 강우의 존재가 부담으로 느껴지는 것이 안타까웠다.

그토록 뜨겁게 했고, 애끓게 했고, 안타까워했고, 기다리게 했던 그 사람이 이렇게 초라하게 변하다니 무엇엔가 홀린 듯했다. 할 말이 없었다.

"내가 추해 보이지?"

강우가 무겁게 던진 말에 대답은 해야 했다.

"아뇨,…오빠는 내가 사랑했던 사람인데 추하다니…힘내세요."

"사랑했던?…이제는 아니라는 거네.…"

"오빠! 감정이 그렇게 무 자르듯이 되나요.…가슴 아파요."

강우는 억지웃음을 지으며 먼 곳을 보았다.

칭기즈칸 앞에 도착했다. 같이 내렸다, 강우는 무거운 발걸음으로 자신의 차를 향해 걸었고 은미도 뒤를 따랐다. 강우가 돌아보았고 이내 얼굴을 찡그리며 울음을 터트리며 다가왔다.

은미가 피하며 앞서가 차 문을 열어주고, 강우에게 타라고 표정으로 말하다 울음이 비어져 나왔다. 강우가 다가와 안으려하자 은미가 도리질하며 거부했다. 강우가 어렵사리 차에 올랐다. 은미가 눈물을 흘리며 손을 들어 보였다. 강우가 운전대에 엎드려 오열했다.

은미가 더 이상 어쩔 수 없어 돌아섰다. 강우가 차 문을 열고 목멘 소리로 부르짖었다.

"간다! 이은미!…안녕!…행복해."

은미가 돌아서며 외쳤다.

"잘 가! 오빠!…오빠도 행복해!"

행인들의 눈길은 아무런 방해가 되지 않았고, 강우는 떠났다.

은미는 갈 곳을 찾아야 했다.

'어디로 갈까?'

카페로 가기는 싫었다. 카페로 가기에는 너무 밝은 낮이다. 규환이를 대하기도 민망하다.

무조건 가다 보니 중미산 쪽이다. 다시 사나사 쪽으로 들어갔다. 주차장에 주차를 하고 걸어서 아까 그 자리에 도착해 그 의자에 앉았다.

오늘 일을 처음부터 되감기를 해보았다. 중간 중간에 되감기를 하고 있는 자신이 한심하다고 자책하면서도 되감기는 진행되었다.

'이혼?…하아! 참! 그 정도밖에 안 됐었나? …그런 나는?…어제는 질투도 했었잖아? 하아! 참! 나도 별수 없는 속물이네.… 그럼? 멋진 사랑이고 멋진 이별이라고 생각했었나? 그건 아니잖아?'

은미는 자신의 마음속에 강우가 이혼하고 자신과 결혼하는 그림이 그려지지 않는 것은 자신이 그런 생각은 아예 하지 않고 강우와 관계를 맺었었다는 것을 생각해냈다.

그렇다면 그와의 섹스는 그야말로 엔조이만을 위한 것이라는 결론에 도달했다.

'사랑한 것이 아닌 엔조이만?…난 분명히 사랑했는데…뭐가 잘못된 거지?'

'사랑을 계산하고?…그럼? 무턱대고?…무모한 사랑? 그렇게 되나?…아름다운 추억으로 남기는 틀렸구나.'

한참 후에 정리가 되었다.

'나뿐만 아니라 모두들 무모하고 아픈 사랑을 한다. 누구나 다 경험하는 것이다. 그래서 이야기거리가 탄생하고 삶이 다채로워지는 것이다… 마치 숙명인 것처럼.'

어둑해질 때까지 이리저리 서성이다 내려와 카페로 향했다.

파사성 주차장에 차를 주차하고 오르는데, 서늘한 바람이 불어와 걸음을 멈추었다.

발길을 돌려 강변 둑길로 향했다.

주위는 무겁게 내려앉아 서늘하고, 검은 강물은 건너편 불빛에 얼비쳐 일렁인다. 멀리 이포대교 위에 희미한 가로등 밑으로 가끔씩 자동차들이 소리도 없이 지나갔다.

얼굴을 스치는 서늘한 바람에 잔물결 소리가 실려 왔다.

은미는 하늘을 보았다. 강 건너편 하늘에 별 하나가 보였다.

천천히 걸었다. 발자국 소리가 따라온다. 그 자리에 섰다. 소리
도 섰다.

갑자기 막막해졌다.

'어디로?…나는 어디로?'

눈을 감았다. 귀를 막았다. 머리를 흔들었다.

'나는 어디로… 어디로 가야 하지?'

적당한 자리에 주저앉았다.

소리 내어 울고 싶다는 생각을 한 것 같은데, 소리를 낼 엄두가
나지 않았다.

눈물이 흘렀다.

눈물이 볼을 타고 내리는 감촉도 괜찮다고 느꼈다. 그런 느낌
속에 잠기며 망연히 시간을 보냈다. 막막했지만 괴롭거나 슬프진
않았다.

초점 없이 먼 곳을 바라볼 뿐 의미가 있었는지 없었는지 생각
이 생성되지 않은 채 시간이 지나 엉덩이에 통증을 느낄 때까지
자세를 흐트러뜨리지 않았다.

통증을 느껴 자리에서 일어서야겠다는 생각을 했을 때, 거의

동시에 느낌이 다른 무언가가 머릿속에서 생성되는 듯하여 멈칫했다. 기다렸다. 본능적으로 기다렸다.

생각의 가닥 — 잡힐 듯 잡힐 듯 — 아사 무사한 낌새, 그 느낌의 어느 정점에서 머릿속 어디에선가 기어이 한 가닥 불빛이 반짝 피어나는 듯하더니 이내 전율을 일으키며 전신으로 번져 사정없이 타올랐다.

'정 떼기? 아!… 가만있자. 아! 그래!…이게! 이게!… 바로 그 정 떼기?…마지막 정 떼기? 아! 아! 그거였구나! 그렇다면, 그렇다면 이것이 오빠의 마지막 선물?… 호오! 호오!'

다음 순간 확신으로 주먹이 쥐어지며 쥐어진 두 주먹을 검은 하늘을 향해 흔들어댔다.

"정 떼기!… 마지막 선물!… 그래! 오빠의 마지막 선물!"

결국엔 벌떡 일어나 소리 내어 외치며 주먹을 흔들고 발을 동동 굴러댔다.

얼마 후 차츰 안정을 되찾으며 둑길에 홀로 서 있는 자신으로 돌아왔다. 확신으로 두 손이 모아지며 감사와 감동이 자리했다.

검은 강물, 어두운 둑길, 서늘한 바람, 검은 하늘의 반짝이는 별 하나, 아름다웠다.

강변에서

해는 어두워지고

밤은 깊이 흐르고

집으로 가는 길에

사람들 사람들 속에

하나 둘씩 켜지는

무심한 저 가로등 따라

오늘도 걸어가는

난 어디로, 어디로

아득해진 거리에서

길을 잃고 물어본다.

난 어디로 가야 하는지

우두커니 바라보다 긴 한숨으로

눈을 감는다.

이대로

아아! 아아! 아아! 난 어디로. 아아! 아아!

난 어디로, 어디로

(까무룩한 무아지경)

아득해진 거리에서
길을 잃고 물어본다.
난 어디로 가야 하는지
우두커니 바라보다 긴 한숨으로
눈을 감는다.
이대로
아아! 아아! 아아! 난 어디로
더 멀리 떠난다.
지금 이 자리에서
오늘도 걸어가는 난
어디로, 어디로

에필로그

다음날 여주에 가서 최신 휴대폰을 장만하며 새로운 번호를 받았다. 저장돼 있는 번호는 그대로 옮겼지만, 지난번 번호로 누군가 연결했을 때 새로운 번호를 알려주는 안내서비스는 받지 않기로 했다. 그래서 일단, 과거의 인연과는 일방적으로 단절되었다.

초저녁부터 잠자리에 들었다가 일어나 시간을 확인했다. 10시 20분이다. 경미는 아직 잠자리에 들지 않았을 것이다. 망설임에서 벗어났다.

온종일 망설였지만, 경미에게만은 새 번호를 알려줘야 한다고 가슴이 충동질했다. 결심이 섰다. 심호흡을 하며 천천히 경미의 이름을 확인하며 눌렀다.

여러 번 신호가 울렸지만 받질 않는다. 한참 후에 다시 걸었지만 역시 받질 않았다.

'웬일이지?'

그때 퍼뜩 생각이 났다.

'모르는 번호라 안 받는구나.'

문자를 보냈다.

"경미야! 전화 받아! 나 은미야, 휴대폰 새로 바꿨어."

다시 전화를 걸었다. 단번에 받았다.

"어! 은미야! …휴대폰 새로 샀어? 모르는 번호가 떠서…너였구나."

"응, 새로…네가 첫 통화야.…아직 안 자지?"

"그럼, 잘려면 아직 멀었어, 11시도 안 됐는데."

"네 방이니? 혼자 있어?"

"응?…그렇지! 차분하게 신부수업하고 있었지, 흐흐흐! 아냐, 그냥 TV 보고 있었어, 연속극."

"연속극? 흐흠! 널널하구나. 연속극을 다 보고…재미있어?"

"재미? 재미없어도 그냥 보게 되더라고."

"경미야!…TV 끄고 얘기 좀 하자."

"…"

경미의 대꾸가 끊겼다. 은미가 재차 말했다.

"연속극 끄고…얘기 좀 해."

"왜? 무슨 일 있니? …알았어.… TV 껐어. 은미야, 말해."

"껐어?…연속극도 못 보게 하고, 미안해."

"얘가?…은미야, 무슨 일이야? 말해 봐…꼭 무슨 일 있는 것 같더라니,… 얘기해 봐."

경미는 전화 너머에 있지만, 마치 바짝 다가앉듯이 다그쳤다.

은미는 이 상황이 벅차서 망설여졌다.

"경미야! 미안한데, 정말 정말 미안하다. 너한테까지….."

"어? 어? 얘 봐! …무슨 일이야? 말해 봐."

"그래, 얘기하려고 전화했는데 해야지…경미야! 그때 네가 나한테 이렇게 말했어. 어떤 경우라도 내 편을 들어주겠다고.… 기억나?"

"그랬지,…내가 그랬지. 기억해…진짜 무슨 일이 있더라도 네 편 들어줄게. 너도 나한테 그럴 거잖아?"

단단히 마음을 먹고 담담히 얘기하려고 했었는데 가슴이 끓으며 울음이 터졌다.

"그 으 럼!…흑! 아이! 참… 안 울려고 했는데….."

"어! 은미야! 울지 말고 천천히 말해, 괜찮아. 그냥 시원하게 말해, 천천히."

"큼 큼 …그냥 얘기는 간단해…경미야! 이 전화번호 너만 알고 있으라고…큼, 큼 이유까진 묻지 말고, 그냥 너만 알고 있어. 그것뿐이야."

"나만? 왜? …묻지 말라고?…이은미! 도대체….."

"너한테까지 전화번호를 숨기면 안 되잖아?"

"그렇지!…야! 이거 무슨 일인지, 답답하다.…일단 알았어. 알긴 알았는데 이거 참…"

"경미야, 부탁한다. …미안해, 전화 끊을게. 잘 자."

"응? 끊는다고?…얘가! …야! 잠이 오겠니?"

"미안해!…경미야! 흑, 흑…오늘은 그냥 번호만 알고…미안해 끊을게."

"아니! 얘가?………그래, 그럼 일단 끊고 내일 다시…울지 말고 자, 잘 자라. 울지 마!"

전화를 끊고 자책을 시작했다. 잘못된 것 같았다. 최대치로 궁금하게 해놓고 잘 자라고 했으니 이건 아니라는 생각이 들었다. 자신의 처지가 한심하다고 자책을 했다.

온종일 망설임 끝에 내린 결정이지만 개운치가 않았다. 다시 전화를 걸어 뭔가 그럴듯한 변명이라도 하고 싶었지만, 마땅한 변명 거리가 생각나지 않았다.

이래저래 자책거리만 부풀어졌다.

'아! 어떡하지!…아 흑! 정말 …미치겠네.'

자책도 잠시 곧바로 경미에게서 전화가 왔다.

"왜?… 경미야! 궁금해서 못 참겠어?"

"…"

경미의 답이 없다. 기다렸다. 숨소리만 미세하게 들렸다. 그냥 기다렸다.

그리고 긴 한숨 소리와 함께 들려온 한마디,

"하!…이 기집애야!…어쩌자고 그랬니?"

은미는 아연했다.

"뭐…가?"

"너!…너!…하아!…이 기집애,… 강우 선배! …맞지?"

"어!…어떻게?…"

숨이 턱 막혔다. 더 이상 말을 할 수 없었다.

"아이고! 맞네,…이걸 어째!…이 기집애…어쩐지 지난번 강우 선배가 너에 대해서 이것저것 물어보더라니…."

"…"

은미는 대꾸를 못했다

"나를 만나자고 할 때는 뭔가 상담이라도 할 것처럼 하더니, 정작 만나서는 자기 가족 제주도 가게 됐다는 것을 장황하게 얘기하면서 슬쩍슬쩍 네 얘기를 끼워 넣더라고. 잘 있냐? 남자 친구는 없냐? 카페는 어떠냐? 하고 물었는데, 그때는 감쪽같이 몰랐지… 약간 이상한 느낌은 있었던 것 같아. …너 옛날에 강우 선배하고 친했잖아? 그때도 좀 이상했었어. 내가 알기로는 서로 좋아했던 것 같았는데 언젠가부터는 전혀 아니더라고. 그래서 나는 내가 잘못 짚었구나 했지. …야아! 은미야! 이 기집애야!…어쩌니?……그래도 이젠 헤어진 거지? 끝낸 거지?"

"으응…"

그냥 대답이 나왔다.

"그래서 전화번호 바꾼 거고?"

"…으응."

"나한테까지 번호를 숨길 순 없었고?"

"으응."

경미의 긴 한숨 소리가 들렸다, 잠시 침묵이 흘렀다.

"하아!…그래! 은미야!…약속대로 난 네 편이야. 세상이 다 그래. 누구나 실수도 하고, 아픔도 있고, 은미야!…사실은 나도 있어. 나도 너한테까지 비밀로 했던 것이 있어.…전에 내가 차버렸다고 했던 사람하고 그랬었어. 나도 그때 많이 울고 심각했었어. 그런데 너는 뒷모습이지만 사진까지 찍혔으니…. 은미야, 이제 걱정하지 마. 시간이 다 해결해 준다니까, 그냥 조용히 지내 그러면 다 잊혀져."

대답 대신 울컥 울음이 먼저 나왔다.

"우 흑!… 아! 경미야! 미안해 흑 흑!…정말 미안해! 흑! 너한테까지도 이런 건 말을 못하겠더라고…흑! 흑!"

"그게 그렇더라고…울지 마! 나도 그랬다니까…우리 이런 일은 일단 묻어두자고. 자세히 알면 입이 근지러워져. 그냥 묻어 두었다가 나중에 얘기하자. 확실하게 끝나 내. 다시 한번 말할게.

확실하게 끝이나 내, 확실하게. 그리고 시간이 지나고 나면… 그때 가면 편안하게 아름다운 추억처럼 얘기할 수도 있을 거야. 조만간 내가 시간 내서 한번 갈게."

"고마워!…경미야! 나 이제 모임에도 못 나가."

"알아…내가 알아서 잘 말할게."

"우리 규환이가 이제 고3이니까…아르바이트를 못해, 아르바이트가 없어서 못 나온다고 해…너한테 너무 짐을 지우는 것 같다. 고맙고 미안하다."

"알았어! 내가 언니잖니…걱정 말고 편히 지내. 나한테는 자주 전화하고, 나도 전화할게."

"네! 언니! 흑…진짜 언니 같다. 고맙다."

경미가 진짜 언니 같다는 생각이 들었고, 마냥 미더워져 눈물이 났다.

격정의 봄이 지나가고 질척이던 한여름도 지나갔다.

태양은 힘을 잃어가고, 세상은 온통 울긋불긋 물들어가고, 백로도 떠나간 늦가을이다. 무료한 나날이 이어지던 어느 날 아침 송 선생이 일찍 혼자 들어왔다.

은미는 여느 때처럼 환한 미소로 맞았다.

"혼자 웬일이세요? 박 선생님은 어디 가셨어요?"

"아니, 어디 안 갔어요. 그래서 그 얘기 좀 해주려고 혼자 왔어요. 커피 두 잔 들고, 이리와 앉아보세요."

은미는 영문을 몰랐지만 시키는 대로 맞은편에 앉았다. 송 선생은 은미의 눈치를 살피다가 이내 결심이 선 듯 말을 시작했다.

"며칠 전에… 박 선생 아들 준호 알죠? 그 준호가 이 카페에 들렀던 것 몰랐지요? 그때 그 일 있었던 그 아들 준호 말입니다."

"네? 여기를요? 언제…전혀 몰랐는데. 아! 그때 그 아들… 이젠 괜찮아졌대요?"

"예! 그럼요! 괜찮아졌으니까 슬쩍 와서 은미 씨를 한번 보고 간 거지요."

"저를요?…왜요?"

"그러니까 좀 들어봐요. 그 아들 준호가 이젠 완전히 멀쩡해져서 여주에 학원도 번듯하게 차렸습니다. 잘 된답니다. 이젠 지 아버지하고도 스스럼없이 대화가 잘 된답니다. 그래서 어느 날 박 선생이 슬쩍 은미 씨 얘기를 했답니다. 그리고 그 후로도 몇 번 더했대요. 그랬더니 준호가 슬그머니 은미 씨를 보러 온 거지요. 그런데 그놈이 은미 씨가 마음에 들었나 봐요. 어제 박 선생이 나한테 부탁하더라고요. 둘이 사귈 수 있게 언질 좀 주래요. 자기는 멋쩍어서 못 오겠다고. 지금 저 주차장에 와 있어요. …나더러 총대 메랍니다."

"어머나! 그런 일이 …어머! 그랬구나."

은미는 느닷없이 닥쳐온 사태를 맞아 정리가 채 되지 않는 중에도 며칠 전의 수상했던 젊은 고객을 기억해냈다. 그리고 그 고객이 결혼식장에서의 신랑과 동일인물이라는 것을 생각해내곤 고개를 끄덕였다.

"아! 맞아요. 어떤 젊은 고객이 양복을 입고 왔더라고요. 여기는 양복 입고 오는 사람이 거의 없거든요. 실실 웃으면서 이것저것 묻더라고요…맞아요. 이제 생각해 보니 그때 그 신랑이 맞네요. 제가 맘에 든대요? 호호호!…별일이야."

"은미 씨! 웬만하면 한번 사귀어 봐요. 준호가 또 들를 겁니다.…아무 부담 느끼지 말고 그냥 사귀어 봐요. 결혼이니 뭐 그런 거는 나중에 인연이 되면 하는 거고, 우선 그냥 만나만 봐요. 내가 보기에는 괜찮을 것 같은데…. 아! 이제 나는 내 역할 다 했습니다. 박 선생은 민망해서 한동안 못 올 겁니다. 나도 그렇고요.… 그러니까 오늘이 마지막 커피가 되나?"

은미가 다급히 말했다.

"아이! 송 선생님! 그때 저 남자친구… 애인이 있다고 말했잖아요."

은미의 일격에 송 선생은 은미를 말없이 빤히 바라보다 빙긋이 웃고 큼큼거리며 목을 가다듬었다. 그리고 자신 있는 어조로 말했다.

"은미 씨!…애인 없는 거, 다 알아요."

"있는데…."

반사적으로 중얼거리듯이 말이 나왔다.

송 선생이 은미를 잠시 응시하더니 웃음을 만들어내며 말했다.

"은미 씨… 은미 씨 자신까지 속이려고 합니까?…좌우지간 전에는 있었는지 없었는지 모르겠지만, 지금은 없다는 것을 난 확실히 압니다. 어떤 근거가 있어서가 아니라 그냥 압니다. 나이를 괜히 먹는 게 아닙니다. 우리 나이쯤 되면 그냥 알게 됩니다. 이미 지나간 날의 우여곡절은 추억으로 묻어 두세요. 마음 비우고, 그냥 편안하게 생각하고 만나보세요. …재미있는 얘기 하나 할까요?"

"무슨…?"

"얼마 전에… 그러니까 두어 달 전 저쪽 백운봉 등산 때 있었던 얘깁니다. …한참 올라가다 중간에서 쉬고 있는데, 어떤 젊은 애기 아빠가 등엔 배낭을 메고, 앞쪽엔 애기를 하얀 띠로 애기가 앞을 보도록 꾸려갖고 땀을 뻘뻘 흘리면서 올라오더라고요. 그런데 애기를 보았더니 불과 몇 개월 밖에 안 된 애기예요, 그 애기가 눈을 동그랗게 뜨고 두리번두리번하는 겁니다. 애기가 뭘 알겠습니까? 산을 알겠어요. 나무를 알겠어요? 새소리를 알겠어요?

자기 아빠가 힘이 드는지, 땀을 흘리는지 알겠어요? 그냥 아무것도 모르고 그냥 두리번거리는 거지요. 산을 왜 오르는지, 아니 산이 뭔지도 모르지요. 도대체 영문을 모르는 겁니다…영문을 모르는 건 그 애기뿐만 아니라 우리 사람들 모두 영문도 모르고 태어나서, 영문도 모르고 이런저런 것에 이끌려 살다가, 영문도 모르고 죽는 겁니다. 나도 박 선생도, 준호도, 어떡하다가 지금의 삶을 살고 있는지 알지 못합니다. 그냥 살다보니까 지금에 이른 거지요. 그냥 내게 다가온 삶을 산 거예요. 조물주의 뜻에 따라 영문도 모르고 살아가는 겁니다. 무슨 얘기냐 하면, 너무 자책하지 말라는 겁니다. 모든 사람들 다 자기 스스로 잘한 것도 잘못한 것도 별로 없어요. 그냥 그렇게 그렇게 적응하며 살다 보니, 지금에 이른 겁니다."

"예… 에…"

자신도 모르게 수긍하듯 고개를 주억거렸다.

송 선생은 자세를 곧추세우고 자신 있는 어투로 말했다.

"준호, 괜찮은 놈입니다. 차분하게 만나보세요. 만나다 보면 인연이 될 수도 있고…."

은미는 선뜻 대답을 하기도 그래서 웃기만 했다.

"그러나저러나 섭섭하네요. 내 역할도 다 끝나고… 진짜 오늘이 마지막이 되겠네요. 은미 씨 그동안 고마웠습니다."

송 선생이 일어서려고 주춤거렸다. 송 선생에게 급소를 찔려 헤매고 있던 은미가 퍼뜩 정신을 차리고 다급하게 소리쳤다.

"안 돼요! 그건 안 돼요! 그건 그거고요… 두 분은 오셔야 돼요. 이침에만 오시니까 상관없잖아요. 저는 두 분이 오셔야…두 분이 없으면…."

은미는 입술을 실룩이며 울듯 울듯 다음 말을 이어가지 못했다.

일어나려던 송 선생이 잠시 당황한 듯하더니, 얼굴이 활짝 피어나며 시원하게 한마디 했다.

"그래요?… 그럼! 그러죠, 뭐! 나도 그게 좋아요…."

잠시 후 송 선생은 더할 나위 없이 만족한 얼굴로 카페를 나서며 외쳤다.

"자! 그럼… 내일 또 봐요."

은미는 그렁그렁한 눈으로, 함빡 웃으며 손을 들어 배웅했다.

흐려진 눈으로 송 선생이 주차장에서 기다리고 있던 박 선생과 만나 차를 돌려 나갈 때까지 지켜보았다. 송 선생인지 박 선생인지 모르지만 차창을 열고 손을 흔들어주고 갔다. 눈물을 찍어내자 미소가 지어지며 안온해졌다.

며칠 후 양복을 입은 남자가 카페 문을 열고 들어오다가 은미와 눈이 마주쳤다. 웃음을 머금은 채, 그 자리에 서서 은미를 보고 있다.

은미가 인사도 잊은 채 마주 보았다. 저절로 미소가 만들어졌다.

양복을 입은 남자가 말했다.

"잠깐 나와 보세요.… 조 밑에… 주차장에 여기 '노팅 힐' 카페 입간판 하나 만들어다 놨습니다. 파사성이라는 간판은 크게 있는데, 카페 안내판은 없어서 만들어봤습니다. 여기서도 보입니다. 주인한테 미리 말도 안 하고 해 놨는데 …괜찮습니까?"

밝은 목소리다

은미는 무엇에 홀린 듯이 밖으로 나와 남자가 가리키는 아래를 보았다. 주차장에서 산성으로 오르는 쪽으로 못 보던 입간판이 보였다.

"어머!…어쩜…호! 호! 호! 이런 일이… 준호 씨죠? 박준호 씨, …저는 은미예요, 이은미…"

"네, 박준호입니다. 잘 좀 부탁합니다."

마주 보았다. 미소 지은 눈을 마주 보다가, 점점 입꼬리가 올라가고, 결국엔 함박웃음이 터졌다. 웃고, 또 웃고, 자꾸 웃음이 만들어졌다.

어느새 스스럼없는 오래된 친구같이 그렇게 그렇게 느껴져 갔다.

— 끝 —

은미야, 괜찮아 노래해

초판 1쇄 인쇄 | 2020년 01월 20일
초판 1쇄 발행 | 2020년 02월 05일

지은이 | 이헌영
그　림 | 이신영
펴낸이 | 김용길
펴낸곳 | 작가교실
출판등록 | 제 2018-000061호 (2018. 11. 17)

주소 | 서울시 동작구 양녕로 25라길 36, 103호
전화 | (02) 334-9107
팩스 | (02) 334-9108
이메일 | book365@hanmail.net
인쇄 | 하정문화사

ⓒ 이헌영 2020
ISBN 979-11-967303-3-8 03810